こんな部活あります

わたしは、跳ぶ！

トランポリン部

新日本出版社

わたしは、跳《と》ぶ！――トランポリン部／目次

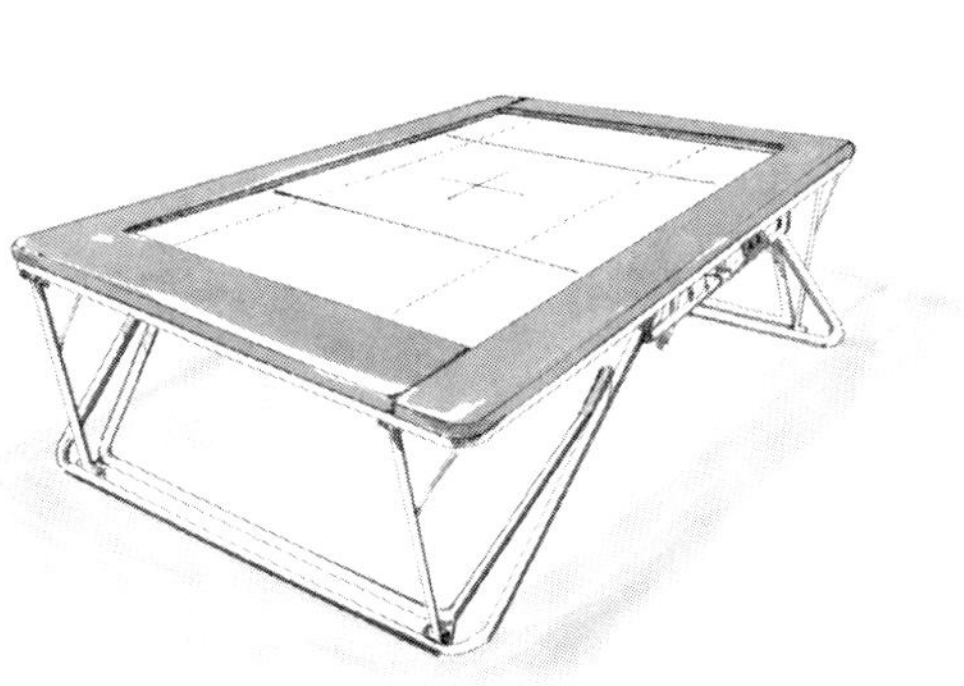

1——運命の出会い？

中学に進学して二週間が経《た》った。入学式にはわずかに残っていた校庭の桜《さくら》も、今はすっかり葉桜になって、おかげでいい感じに陰《かげ》を作ってくれる。

可《か》も無く不可も無し。

それが、ここ、朝木《あさぎ》市立朝木中学での印象《いんしょう》だった。朝木市は、少し遠めの東京のベッドタウンという感じで、同級生の親たちの中には、都心に通勤《つうきん》している人もけっこう多いようだ。

まだ友だちはいないけれど、話したり笑ったりするクラスメイトもいるので孤立感《こりつかん》はない。

校風は割《わり》とのんびりしていて、居心地《いごこち》はまずまず。とはいっても、すごく楽しい、ってわけでもない。

わたし、庄司瑠里花《しょうじるりか》は、春休みに一家でこの町に引《ひ》っ越《こ》してきた。中学に入学するタイミングだったので、転校生ではないけれど、実質《じっしつ》、転校生みたいなものだ。朝木中は、主に近隣《きんりん》の三つの小学校から進学してくる。どの小学校も、さほど中学受験組は多くなかったみたいだから、生徒たちにとって、三分の一ぐらいは、前からの知り合いのようだ。でも、わたしはだれ一人、知っている子がいない状態《じょうたい》からのスタートだった。

引《ひ》っ越《こ》し先の家のすぐ近くに同級生がいた。日高奏子《ひだかそうこ》という割《わり》と背《せ》の高い子で、何度かいっしょに下校した。クラスには同じ小学校から来た子が何人かいて、奏子がそれとなく、そのグループに誘《さそ》ってくれているけれど、やっぱりよそ者感は拭《ぬぐ》えない。奏子は、朝木《あさぎ》中ではかなり盛《さか》ん、かつ、地域《ちいき》では強豪《きょうごう》チームのバスケットボール部に入部するつもりのようだ。

部活なんて、できればやりたくない、というのが正直なところ。強制《きょうせい》じゃないけれど、現《げん》実《じつ》にはほとんどの生徒がなんらかの部活をやっている。でも、運動は苦手だし、文化部も、これ、というものがない。音楽も得意《とくい》じゃないから、合唱部とか吹奏楽部《すいそうがくぶ》とかはパス。どこかに入った方がいいんだろうな、とは思うけれど……。

「ねえ、卓球部《たっきゅうぶ》の見学に行かない？」

放課後、奏子に誘われて、

「え？」

と思わず首をかしげる。

「バスケ部に決めたんじゃないの？」

「そのつもりだったけど、ほかも見てみようかな、って。瑠里花《るりか》、まだ部活迷《まよ》ってるんでしょ。いっしょに行こうよ」

あまり気乗りはしなかったけれど、せっかく誘《さそ》ってくれたのだから、というわけで、わたしは奏子《そうこ》について体育館に向かった。

すでに練習が始まっていて、四つある卓球台《たっきゅうだい》では、軽快《けいかい》な音を立てながらオレンジ色のピンポン球が激《はげ》しく行き来している。

ほかの球技《きゅうぎ》に比《くら》べたら、動く範囲《はんい》は広くないが、けっして楽なスポーツじゃないことは、すぐにわかる。動作はスピーディーで、瞬発力《しゅんぱつりょく》とか動体視力《しりょく》とか必要そうだから、わたしには無理だ、と首を横に振《ふ》る。けれど、奏子がけっこう熱心に見ているので、先に帰るとも言い出しかねて、体育館を見回す。

ふと気がつくと、さっきまで空いていた体育館のスペースで、何かを組み立てている人が目に入る。男の先生っぽい人が二人、大きな台を広げている。そばに生徒らしい人が三人。何だろうと思って、小声で奏子に聞く。

「あれ、何？」

「ああ、トランポリン部だよ」

そんな部活、あったっけと思っただけで、わたしは卓球部《たっきゅうぶ》の方に視線《しせん》をもどした。

しばらくすると、ギューッ、ギーッと何かがきしむみたいな音が聞こえてきた。音の方に目を向けたとたん、白いTシャツにハーフパンツの人が、直立のまま、すぃーっと高く跳《と》び上がったのが見えた。

なに？　あの高さ。

思わず目を奪《うば》われた。大きな四角いトランポリンの上で、女子生徒が跳んでいる。それは、わたしの感覚からすれば、ありえない高さだった。

わたしは、その生徒を目で追う。降《お》りた時に、トランポリンの床《ゆか》が……って、床という言葉でいいのかわからないけれど、グーッと沈《しず》む。それから伸《の》び上がる。高く。

何度か繰《く》り返した後で、その生徒は、くるりと回った。とても美しい後方宙返《ちゅうがえ》りだった。

「すごい……」

思わずつぶやくと、奏子《そうこ》に腕《うで》をつつかれた。

「何よそ見してんの?」

「あ、うん。あれ」

わたしはトランポリンの方を指さす。

「朝木《あさぎ》中学の七不思議。うちみたいな、首都圏《しゅとけん》といっても地味な町の公立中学に、トランポリン部があること。いつ廃部《はいぶ》になってもおかしくないような弱小部活なのに、なぜかなくならないんだって」

「七不思議?」

「兄貴《あにき》に聞いた話。ほかに、正門よりも東門の方が立派《りっぱ》だとか、桜《さくら》の並木《なみき》の中で、極端《きょくたん》に花が咲《さ》くのが遅《おそ》い木があるとか。部活関係では、トランポリン部だけかな。まあ、人数少ないし、ほとんど注目されてないみたいだけどね」

奏子《そうこ》のお兄さんは、たしか三つ年上で、今年の春、県立高校に進学したと聞いている。

「わたし、トランポリンというと、幼稚園《ようちえん》の時遊んだような、丸い遊び道具しか思いつかないけど、たしかオリンピック競技《きょうぎ》にもなってるんだよね」

「まーね。でも、トランポリン部がある中学なんてほとんどないし、それに、オリンピック種目といってもメジャーな競技じゃないよ」

たしかに、というふうにうなずく。オリンピック選手の名前なんかぜんぜん思い浮《う》かばない。

「でも、あんなに高く跳《と》べるんだね」

あの女子生徒が跳び上がった高さは、優《ゆう》に三メートルは超《こ》えている。どうしたって自力では届《とど》かない高さだ。しかも、軽々と宙返《ちゅうがえ》りをしていた。

「ねえ、奏子《そうこ》、わたし、ちょっと近くで見てくる」

奏子は、お好きにどうぞ、というふうにひらひらと手を振《ふ》った。


その日、トランポリン部の活動に参加していたのは、結局最初に見た三人だけ。トランポリンの上では、さっきの女子生徒に代わって、男子生徒が跳んでいた。

「あのう、近くで見ていいですか」

わたしは、トランポリンの台の脇《わき》に立っていた女子生徒の背中《せなか》に向かって声をかけた。すらっと背が高いし雰囲気《ふんいき》が大人っぽい感じだから、三年生かもしれない。ちょうど着地した男子生徒が、

「大塚先輩《おおつかせんぱい》、入部希望だよ」

と、トランポリンの上から言ったので、わたしは慌《あわ》てて答えた。

「ち、違います！」

「でも、近くで見ていいかって聞いたよね。どうして？」

大塚先輩《おおつかせんぱい》と呼《よ》ばれていた人が振《ふ》り返って聞く。思わずはっとなる。目鼻立ちのきりっとしたきれいな人だった。けれど、どうして？　という問いに答えられずに黙《だま》っていると、大塚さんは、穏《おだ》やかに笑っている。怒《おこ》っているわけじゃなさそうだった。ほっこりさせる素敵《すてき》な笑顔《えがお》だった。

「あっちから見てたら、気持ちのいい高さだなって思って……」

「面白《おもしろ》い言い回しだね」

「すみません」

「謝《あやま》ることないよ」

つい頭を下げるのは、わたしの悪い癖《くせ》だな、と内心で思った。

「跳《と》んでみたい？」

「とんでもないです」

ぶんぶん首を横に振る。

「わたし、体育、苦手だし、ぜんぜん跳べません」

「だれでも跳《と》べるよ。地上では高く跳べない人でもね。楽しいよ。試《ため》しに跳んでみない？」

大塚《おおつか》さんににじり寄《よ》られて、思わず後ずさる。にこにこしているのに、ちょっと圧《あつ》があって、わたしは慌《あわ》てて、

「あの、ありがとうございました。失礼します」

と言って、背《せ》を向けた。

「活動日は、月曜と木曜だから、よかったら、また来てね」

背中《せなか》の方で大塚さんが言った言葉には答えずに、わたしは卓球部《たっきゅうぶ》を見ている奏子《そうこ》の方にもどった。

「やっともどってきたね」

奏子は、卓球台から目を離《はな》さないで言った。

「奏子、卓球部、本気になってる？」

そう聞くと、奏子はようやくわたしの方を見て、ニタッと笑った。

「面白《おもしろ》いもの」

「まだ見てく？」

「も少し」

「じゃあ、わたし、先に帰るね」

「うん。また明日」

体育館を出る時、トランポリンの方を振《ふ》り返った。最初に跳《と》んでいた女子生徒が跳んでいる。高い。それに、空中の姿勢《しせい》がとてもきれいだな。また空中でくるりと宙返《ちゅうがえ》りをした。あんなことができたら、気持ちいいだろうな。でも、わたしはバク転だってできないし、側転さえきれいにはできない。

部活、ほんとにどうしよう。ふっとため息をついて、わたしは体育館の外に出た。

奏子《そうこ》は、結局卓球部《たっきゅうぶ》を選んだ。バスケを選ばなかった理由を、

「あたしより背《せ》が高い子がたくさんいたし、卓球部もけっこう厳《きび》しいんだけど、厳しさの中に楽しさがあるっていうか。兄貴《あにき》の話では、先輩後輩《せんぱいこうはい》とか、あんまりうるさくないみたいだから」

と語った。

わたしは、まだ決められないでいる。

やっぱり運動部は×。

そう思っているのに、なぜか、あのトランポリン部の様子がよみがえる。自分の力では、絶《ぜっ》対到達《たいとうたつ》できない高さまで跳《と》ぶ。別に難《むずか》しいことはできなくていい。ただ、高く跳び上がってみたい。高いところから見下ろしてみたい。

そんなことを考えながら、次の活動日に、わたしは体育館に行った。

この日も、トランポリン部の参加者は三人だけで、この前と同じメンバーだった。顧問《こもん》の先生らしき人は一人だけ。授業《じゅぎょう》で習ってない先生なので名前はわからない。

少し離《はな》れたところで見ていると、

「ねえ、君。この間も見に来ていたよね」

と、声をかけられた。大塚先輩《おおつかせんぱい》と呼《よ》ばれていた女子生徒。三年生のはずだ。

「あ、はい。なんか、すごいなって」

「別に勧誘《かんゆう》するつもりないけど、跳んでみない？　来週の月曜日、体験入部っていうのやるからよかったら来てよ。無理っぽいって思ったら、やめればいいんだし」

「でも、わたし、本当に体育は得意《とくい》じゃないので」

「関係ないよ。わたしだって、運動神経《しんけい》いいわけじゃないし」

「そうそう、何事も経験《けいけん》だよ」

と、言ったのは男子生徒。

「あ、おれは、二年の皆川海里《みながわかいり》。大塚先輩《おおつかせんぱい》の言うように、無理に勧誘《かんゆう》はしないけど、トランポリン部はいいよ。すげえユルいから」

「ユルい？」

奏子《そうこ》から弱小部活だと聞いてはいた。でも、まがりなりにも運動部なのに、ユルいって？

そんなこと、あるだろうか。

「海里、ユルいはないでしょ。真面目《まじめ》にやってるんだからね。少しは晶菜《あきな》を見習ってよ。あ、今、跳《と》んでるのが、二年の西野《にしの》晶菜。晶菜はいちばんの実力者なの。そんで、わたしが部長の大塚麦《むぎ》だよ。三年。名前、聞いていいかな？」

「あ、庄司瑠里花《しょうじるりか》です。一年A組です」

「庄司さんね。来るだけでいいから来て！」

大塚さんに手を合わされて、わたしはついうなずいてしまった。

2――ユルすぎる部長

月曜日。

放課後、わたしは体育で使うジャージで体育館に向かった。約束したからしかたないけれど、その約束を後悔《こうかい》する気持ちが強かった。どう考えても、自分のやることじゃない。でも……。

ほんの少しだけ、跳《と》んでみたいという思いもあった。

「体験するだけだし」

そんなふうに、わざわざ声に出して言い聞かせて、トランポリンの近くに歩み寄《よ》る。

すると、すぐに笑顔《えがお》の大塚《おおつか》さんが近づいてきた。

「よく来てくれたね」

そして、わたしの手を握《にぎ》ってぶんぶん振《ふ》る。同時に、男子部員の皆川《みながわ》さんが一枚《まい》の紙を渡《わた》す。

そこには入部届《にゅうぶとどけ》の文字。

「あの、今日って、体験、ですよね」

「そうだけど、いちおう。っていうか、今まだ、どこにも入部してないってことは、やりたいことがない、と見た」

皆川《みながわ》さんはニヤッと笑った。たしかにそうだけど……。

「なら、わがトランポリン部に入部してくれたら、すげえ人助けになるんだけど。なんなら名前だけでも」

何、それ？　というふうにわたしは、大塚《おおつか》さんと皆川さんを見比《みくら》べた。大塚さんは、相変わらずにこにこ笑っているだけだ。

その時、

「すみません、遅《おそ》くなりました！」

と言いながら歩み寄《よ》ってきた男子。ちょっと横幅《よこはば》のある生徒で、一年生であることはジャージの色でわかった。

その生徒は、ちらっとわたしを見て自己紹介《じこしょうかい》した。

「よかった。入部するの、ぼくだけじゃなかったんだ。ぼくはC組の秋山太樹《あきやまたいき》。よろしく――っていうか、この秋山くんって……。申《もう》し訳《わけ》ないけど、どう見ても、トランポリンをやるって感じじゃない。たぶん、わたし以上に。

「秋山《あきやま》くん、入部するって決めてるんだ。わたしは、まだ決めてないんだけど」

「もちろん。先輩《せんぱい》やさしそうだし、ダイエットしたいから」

「ダイ、エット?」

素《す》っ頓狂《とんきょう》な声を出した皆川《みながわ》さんをスルーして、大塚《おおつか》さんが声を張《は》り上げた。

「集まってください」

それが合図になったように、三人の部員が横一列に並《なら》ぶ。その少し後ろにわたしと秋山くんが並んで立った。大塚さんが、向かいに立つ先生に、

「よろしくお願いします」

と言い、他の二人も続けて同じ言葉を口にした。先生が小さくうなずく。短髪《たんぱつ》の、父よりは若《わか》そうな人だ。

「トランポリン部の見学にようこそ。ぼくは顧問《こもん》の関田夏哉《せきたなつや》です。二年生の理科を教えています。顧問とはいっても、うちは生徒たちの自主性《じしゅせい》に任《まか》せています。顧問であるぼくの役目は、トラブルがないよう、ケガのないようにみんなを見守ることです。でも、むちゃなことをしなければケガはしないので、安心して取り組んでください。じゃあ、あとは部長が進めてくださ

い」

顧問《こもん》の先生は一人だけなんだろうか。最初に見た時、男の人が二人いたような気がしたけれど……。

「じゃあ、準備《じゅんび》運動始めます」

相変わらずの笑顔《えがお》で、大塚《おおつか》さんが言った。

大塚さんにならってストレッチをする。それはもう、これでもか、ってくらい。隣《となり》に立つ秋《あき》山《やま》くんはそれだけでちょっと苦しそう。

「スポーツ、好きなの？」

そっと小声で聞くと、

「大嫌《だいきら》い」

と顔をしかめる。なんか納得《なっとく》。柔軟性《じゅうなんせい》もあまりなさそうだし。

テキトーな感じの皆川《みながわ》さんも、笑顔をくずさない大塚さんも、あまり運動部員っぽくはない。でも、それなりにシュッとしていて、スポーツは苦手じゃなさそうだし、身体も柔《やわ》らかい。それよりびっくりしたのは、今まで終始無言を貫《つらぬ》いている西野《にしの》さんの柔軟性だった。まるで体操《たいそう》の選手みたい。この時のわたし、まだ、トランポリンと体操競《きょう》技《ぎ》がとても近いものであるこ

となど、知らなかったわけだけど。

「晶菜《あきな》のことは気にしないでいいよ。うちのエースでって、別に部として競技会《きょうぎかい》に出るわけじゃないけど、孤高《ここう》のエースだから」

大塚《おおつか》さんがちらっと西野《にしの》さんの方に目を向けて言った。わたしが目を奪《うば》われた宙返《ちゅうがえ》りをしていた人だ。白いTシャツに黒いハーフパンツ。最初に見た時といっしょだ。ちなみに、トランポリン用の靴《くつ》もあるけれど、靴下をはいていれば、靴ははかなくてもいいそうだ。

大塚さんも皆川《みながわ》さんも西野さん同様、Tシャツにハーフパンツなので、これが部活着のようだ。

「じゃあ、太樹《たいき》、跳《と》んでみようか。って、太樹、ほんとに名は体を表すだな」

「こら、海里《かいり》、それ、イエローカードだからね」

大塚さんの言葉に、皆川さんは肩《かた》をすくめた。

少し緊張《きんちょう》した面持《おもも》ちで秋山《あきやま》くんがトランポリンの上に乗ったところで、大塚さんが説明する。

「競技用のトランポリンは、見てのとおり長方形で、縦《たて》が約三・一メートル、横が約五・二メートル。高さは約一・二メートル。フレームのサイズね。中の白いメッシュのところが、跳ぶ場所。ベッドって言います。百本以上のスプリングでつながれています。ベッドの真ん中に十字があるでしょ。できるだけあの十字のところで跳《と》ぶようにします。競技《きょうぎ》では、中心からはずれて降《お》りると減点《げんてん》になります。っていうか、端《はし》になるほど弾力《だんりょく》が弱くなるから、高く跳べないしね。じゃあ、秋山《あきやま》くん、真ん中に立って」

「い、いきなりぼくが跳ぶんですか？　お手本は？」

「まず、どんな感じか体感してみようぜ」

と、皆川《みながわ》さん。

秋山くんが、ぽんと跳《は》ねた。降りたとたん、ギーッと音がしてベッドが沈《しず》み、それから跳ね返されて跳び上がる。ところが、秋山くんは前方につんのめるようになって降りてしまい、ベッドの上にはいつくばった。

「頭が前に出ていたから、前のめりになったんだよ。まっすぐ跳んで」

皆川さんが言った。それ、最初に言ってあげればいいのに。

「見てるとわかるでしょ。重心が前に行くとああなる。まっすぐ跳んで、同じ場所で降りるのが基本《きほん》」

と、大塚《おおつか》さんがわたしに言った。

何度か試みてコツをつかんだのか、秋山《あきやま》くんが、ぴょんぴょん跳《は》ねている。もちろん、先輩《せんぱい》たちのように高く跳《と》び上がれるわけではない。

「はい、交替《こうたい》」

大塚《おおつか》さんが声を張《は》った。どうやら、ちゃんと時間を見ていたようだ。

トランポリンから降《お》りた秋山くんが、荒《あら》い息を吐《は》いている。それに、顔にはびっしょり汗《あせ》をかいていて、シャツも濡《ぬ》れている。よほど汗っかきなのだろうか。

「どうだった?」

「これなら、痩《や》せられそうです」

やっぱり部活の目的としては不謹慎《ふきんしん》だ、という気がしたけれど、大塚さんは相変わらず笑顔《えがお》だった。

うながされてトランポリンに上り、真ん中の十字の上に立つ。

「まず、そのままますぐ跳んでみようか」

皆川《みながわ》さんに言われて、跳んでみた。上に跳んで足が着地面につくが、すぐに跳ね返されるように、身体が上がる。

「うわっ!―

それは、想像《そうぞう》以上の高さだった。また降《お》りる。そして跳《は》ね上がる。高さが増《ま》す。何度か跳《と》んでいるうちに、バスケのゴールが見えた。ふだん届《とど》きっこない高さだ。

「いいね。庄司《しょうじ》さん、筋《すじ》いいよ」

そんなおだてには乗らない、っていうか、ただ跳んでいるだけなのに、いつしかわたしはびっしょり汗《あせ》をかいている。それに……。

「と、止まれません！」

皆川《みながわ》さんがくつくつ笑いながら、言った。

「降りる時、膝《ひざ》を曲げて」

言われたように膝を曲げると、シュッとベッドに吸《す》い込《こ》まれるように、身体が止まった。

秋山《あきやま》くんと目が合う。なるほど、ダイエットになるかも……。それより何より、楽しかった。

ただ、ぴょんぴょん跳ねてるだけなのに。

トランポリンから降りたわたしと秋山くんを、大塚《おおつか》さんが手招《てまね》きする。

「じゃあ、部の決まりを説明しますね」

わたしは、慌《あわ》てて言った。

「あの、わたし、まだ……」

大塚《おおつか》さんはにっこりと笑う。

「大丈夫《だいじょうぶ》。庄司《しょうじ》さんは、うちの部に合ってるから」

「そんなあ……」

「跳《と》んでみて、楽しかったでしょ」

そう言われると否定《ひてい》できない。

「楽しいと思うよ。だって、一流選手は、八メートルの高さまで跳ぶの。だいたい、マンションの三階ぐらい。そんなの、人間だけの力ではありえないでしょ」

「はあ……」

「よかった。ぼく一人だけじゃなくって」

秋山《あきやま》くんもにっこり笑顔《えがお》になる。

トランポリンに、西野《にしの》さんが上がった。大塚さんいうところの、部のエースだ。

何度か垂直《すいちょく》跳びを行う。それだけで、わたしとの差は歴然《れきぜん》だった。姿勢《しせい》がきれい。高さも違《ちが》う。トランポリンの両端《りょうはし》には、関田《せきた》先生と皆川《みながわ》さんが立っている。

続いて、皆川さんと大塚さんの順で跳ぶ。ただ跳ぶだけじゃなくて、空中で膝《ひざ》を抱《かか》え込《こ》んだり、開脚《かいきゃく》姿勢を取ったり、フィギュアスケートのジャンプのように、跳び上がりながらくるりと回ったり。宙返《ちゅうがえ》りみたいにすごいことじゃなくても、いろんな跳《と》び方があるみたいだ。

活動の終了《しゅうりょう》間際《まぎわ》に、あらためて大塚《おおつか》さんが説明する。

「前に話したかも、だけど、活動日は週二回。月曜と木曜です。部長はわたし、大塚麦《むぎ》が六月までは務《つと》めます。休んでもいいけど、三人参加しないと部活が成り立たないから、できるだけ参加してくれるとうれしいな。それから、準備《じゅんび》運動はしっかりやること。安全第一ね。ケガをしないように気をつけること。それと、うまい人もそうでない人も、順番に二分ずつ跳ぶ」

「それだけですか？」

秋山《あきやま》くんが、きょとんとした顔で聞く。

「あと、やめないでね。今でも、部活を成り立たせるのにぎりぎりの人数なの。新入部員がいなかったら、廃部《はいぶ》になっちゃうとこだった」

「あのう、活動するのに、なんで三人いないとだめなんですか」

「跳ぶのは一人ずつだけど、もしも跳んでる人が、トランポリンのベッドから飛び出しそうになったら、マットで受け止めるために前後にいるの。めったにないっていうか、わたしは経験《けいけん》したことないけどね。でも、万が一の事故防止《じこぼうし》の見守りってわけ」

「関田《せきた》先生は、トランポリン、やらないんですか？」

秋山《あきやま》くんが聞くと、関田《せきた》先生は頭をかきながら答えた。

「ぼくは、高いとこ、苦手だからね」

「そうだ、最初に見た時、もう一人先生がいませんでしたっけ？」

と聞いてみた。

「ああ、あの人はコーチだよ」

皆川《みながわ》さんが答えた。

「コーチ？」

「そう。大学生だけど、トランポリンのコーチの資格《しかく》持ってるから。コーチが来る日は、宙《ちゅう》返《がえ》りの練習もできるよ。宙返りはトランポリンの醍醐味《だいごみ》の一つだけど、専門的《せんもんてき》なコーチが立ち会わないとできない。だからコーチがいない時に、宙返りしたらだめだよ」

なんて言われたけれど、どのみちわたしにはできっこない。でも、そういえば、最初に見て驚《おどろ》いたのは、西野《にしの》さんのきれいな後方宙返りだった。つまり、あの日はコーチがいたからできた、ということのようだ。

「ほかには、何か注意事項《じこう》とか」

「ないよ。やめないでほしいことと、なるべく参加してくれれば、それでＯＫだよ」

大塚《おおつか》さんは笑顔《えがお》のまま、言った。

こうして、わたしは思いもよらなかった運動部に、しかも、まったくどんなものかも知らなかったトランポリンに取り組むことになった。

次の活動日。

「お、来た来た」

皆川先輩《みながわせんぱい》が、ニヤニヤ笑って言った。

「よろしくお願いします」

「じゃあ、三人確保《かくほ》できたし、トランポリン広げたら、おれ、帰るから」

皆川先輩はあっけらかんとした口調で言った。帰るって？　ぽかんとしていると、先生と皆川先輩が、トランポリンのセッティングを始めた。組み立てが終わると、皆川先輩は、手をひらひらさせながら、軽《かろ》やかな足取りで体育館から出ていく。大塚先輩も、にこにこ笑ったまま、

「海里《かいり》、またね」

と手を振《ふ》って見送った。

「遅《おそ》くなりました！」

大きな声とともに、秋山《あきやま》くんが入ってきた。

「じゃあ、始めまーす」

大塚先輩《おおつかせんぱい》の掛《か》け声で、この前のように関田《せきた》先生に挨拶《あいさつ》をし、準備《じゅんび》運動から始まった。

「じゃあ、晶菜《あきな》からね」

西野《にしの》先輩は、にこりともしないで、トランポリンの上に上がった。この愛想《あいそ》のなさは、大塚先輩と対照的だ。

わたしは、大塚先輩と並《なら》んでトランポリンの前に立つ。反対側は関田先生と秋山くんが立っている。

西野先輩が跳《と》び上がる。手を振《ふ》り上げて高く、高く。やっぱりきれいだ。高さという点では、皆川《みながわ》先輩だって負けてないと思うけれど、空中の姿勢《しせい》が違《ちが》う。

西野先輩は、跳び上がった後で、足をまっすぐ前に伸《の》ばして座《すわ》った状態《じょうたい》で降《お》り、またすぐに跳び上がって同じ動作をする。

「腰《こし》落ち、英語名はシートドロップ。手の置き方見て。指の先、前だからね」

大塚先輩が解説《かいせつ》するように言った。

それから、今度は膝《ひざ》を曲げてトランポリンに降りた。そしてすぐに跳び上がり、また同じ動作をする。

「膝《ひざ》落ち、ニードロップとも言う」

どうやら、西野《にしの》先輩《せんぱい》は、わたしと秋山《あきやま》くんにお手本を見せてくれているようだ。

その次に、身体をひねって降《お》りた。わたしから見ると、背中《せなか》が見えていたのに、降りた時は顔が見えた。つまり一八〇度ひねったことになる。それをもう一度繰《く》り返して見せてくれる。

「ハーフピルエット。つまり二分の一ひねり跳《と》びのこと」

大塚《おおつか》先輩が言った。

西野先輩がトランポリンのベッドから降りると、大塚先輩にうながされてわたしが上がった。

まず十字の上に立って、軽く跳《は》ねてから、跳び始めた。

「手、振《ふ》り上げて回す！」

西野先輩が短く言った。もしかして、初めて声、聞いたかも。その短くも鋭《するど》い声に応《おう》じるみたいに両腕《りょううで》を振り上げると、わたしの身体は思いの外高く跳び上がった。気持ちいい。

何度か跳んでいると、

「ハーフピルエット！」

と、西野先輩が叫《さけ》ぶ。何だっけ。跳び上がったら半分ひねるヤツだ。手を振り上げて身体をひねろうとしたけれど、うまくいかずに、ただ跳《と》び続けてしまったが、何度目かに跳び上がった時、思い切ってひねった。一八〇度までは回れず、少し足先が斜《なな》めになってしまった。

「もう一度」

西野先輩《にしのせんぱい》にうながされて、再《ふたた》びトライ。今度はうまくできた。するとすぐに、

「次、腰《こし》落ち」

と声が飛ぶ。そんなに続けてできない。と思いながらも、西野先輩の座《すわ》った形で降《お》りる姿《すがた》を思い浮《う》かべて、跳び上がってから足を前に伸《の》ばす。手もつくんだったよね……。けれど、手が先についてしまって、身体がガクンとなった。

「もう一度」

わたしは、また跳び上がる。足と手を同時に着地させなければならないんだ。指先前、と言い聞かせて、わたしは降りた。成功！

思わず笑《え》みがこぼれる。こんなふうに、跳び上がった後、お尻《しり》から落ちるなんて、床《ゆか》だったらできっこない。

「膝《ひざ》落ち」

また声が飛ぶ。三度跳び上がった後で、膝を曲げて降りてみた。

なんか、楽しい。

「上手上手！」

大塚先輩《おおつかせんぱい》が手をたたいている。いや、上手って、膝曲《ひざ》げただけだし……。

それにしても、ただ跳《と》んでいるだけなのに、なんでこんなに汗《あせ》をかくのだろう。

「はい、交替《こうたい》」

大塚先輩の言葉に、わたしは前回教わったように、膝を曲げながら着地した。

「庄司《しょうじ》さん、トランポリン、適性《てきせい》あるね」

と、また大塚先輩。そんなわけないからと、ぶんぶん首を横に振《ふ》る。自慢《じまん》じゃないけど、スポーツでほめられたことはない。

「今ので、垂直《すいちょく》跳びと合わせて、四つの技《わざ》をやったことになるんだよ」

「四つ、ですか」

そう言われるとちょっとうれしくなる。

わたしが大塚先輩の隣《となり》に立つと、入れ替《か》わるようにトランポリンに上がった秋山《あきやま》くんは、垂直跳びを始める。

けれど……。

「ハーフピルエット！」

西野先輩《にしのせんぱい》が声をかけても、それには答えずに、ただただ跳《と》び続けた。

途中《とちゅう》で一度足を止めた秋山《あきやま》くんは、

「ぼくは、ただ跳べればいいんです。ダイエットだから」

と言った。西野先輩が、キッと睨《にら》んだけれど、大塚《おおつか》先輩はにこにこしたまま言った。

「いいよ。それでいいよ。でも、ダイエットなら、部活休まない方がいいよ」

「はい！」

秋山くんは元気よく言って、また垂直《すいちょく》跳びを続ける。それでいいの？　自分がなんとかできたからというわけじゃないけど、ちょっとでも違《ちが》うことやると、楽しいのに。それにしても、ユルいと聞いていたが、いくらなんでもユルすぎないだろうかと、ちらっと横を見る。大塚先輩は、相変わらずにこにこ笑っていた。

3――チャラ男とダイエット男子

「まさか、瑠里花《るりか》がトランポリン部に入るとはねえ」

奏子《そうこ》に言われて、わたしは少し口をとがらせた。

「そんなに驚《おどろ》くほどのこと？」

「まあ、意外ではあるよ。だって、瑠里花って、文芸部とかが似合《にあ》いそうだもん。頭もいいし」

「よくないよ」

そう答えたのは、謙遜《けんそん》ではない。ただ、真面目《まじめ》でコツコツタイプなだけ。実は、それがわたしのコンプレックスでもある。特に秀《ひい》でたものがなくて、コツコツやるしか能《のう》がない。わたしがちょっと眉《まゆ》を寄《よ》せたことになんか気づくことなく、奏子が聞く。

「で、ほかに新入部員、いるの？」

「うん。C組の、秋山太樹《あきやまたいき》くんって子」

「ええ？　太樹が？」

「知ってる子？」

「うん。小学校いっしょだったからね。っていうか、あいつ、運動部とか、絶対《ぜったい》ないと思ったよ」

「自分でも、運動嫌《きら》いって言ってたかも」

「まあね。体育はかなり苦手なんじゃないかな。で、なんでトランポリン？」

「ダイエットだって。それで、垂直跳《すいちょくと》びしかしないの。わたしでも、少しずつ、技《わざ》を増《ふ》やしてるのに」

「そのうち、宙返《ちゅうがえ》りとか、やれるようになるの？」

「無理無理。怖《こわ》くてできない。でも、いろんな跳び方習ったし、面白《おもしろ》いよ」

わたしは、ハーフピルエット、つまり二分の一ひねり跳びや、膝《ひざ》落ちのことを説明したけれど、奏子《そうこ》はそれほど興味《きょうみ》なさそうだった。なので、その後に教わった抱《かか》え跳びや、空中で開《かい》脚《きゃく》姿勢《しせい》を取る開脚跳び、四つんばい落ちや腹《はら》落ちという技もやったことは話せずじまいだった。

「ねえ、そういえば、二年で皆川《みながわ》さんって人、いるでしょ?」

「うん。でも、休んでばかりだよ」

「ならいいけど」

「よくないよ」

「いいって。だって、いい噂《うわさ》聞かないもん」

「そうなの?」

三月までお兄さんが通っていたせいか、奏子《そうこ》はわたしよりずっと情報通《じょうほうつう》だ。

「あたし、小学校いっしょで、その頃《ころ》はけっこう人気あったんだけど、最近はチャラいっていうか、だれかれとなく声をかけるって」

まあ、たしかに愛想《あいそ》はよさそうだったな、と、もう一週間以上顔を見ていない皆川先輩《せんぱい》を思い浮《う》かべた。

そんな話をした直後の部活に、皆川先輩は久《ひさ》しぶりに現《あらわ》れた。

「あ、先輩、久しぶりです」

わたしが声をかけると、皆川先輩は顔をしかめた。

「皮肉か? どうせ、テキトーだよ」

でも、目が笑っている。そして笑顔《えがお》のまま、

「どう？　楽しい？」

と聞かれた。

「まあまあです」

「庄司《しょうじ》さんは、順調。タックバウンス、きれいに跳《と》ぶよ」

大塚先輩《おおつかせんぱい》が口を挟《はさ》む。タックバウンスというのは、抱《かか》え跳び。空中で膝《ひざ》を抱える技《わざ》だ。わたしは、少しずつ、いろんな跳び方ができるのが楽しくなっている。

「ダイエット男子は？」

「ただ、跳んでる」

大塚先輩がにこにこ笑顔で答える。

皆川《みながわ》先輩が部活に参加したわけはすぐにわかった。今日は西野《にしの》先輩が休みなのだ。いちおう部活ができる最低人数は、大塚先輩と一年二人でクリアできるけど、まだ不慣《ふな》れな一年生が二人では不安だったようだ。こういうところ、適当《てきとう》なようで、ちゃんと考えてるのかな、と思った。

でも、思ったそばから裏切《うらぎ》られた。

「皆川先輩《みながわせんぱい》は、どうしてトランポリン部に入ったんですか?」

「そんなの決まってるだろ」

そう言われてもわかるはずもない。すると、皆川先輩は、心持ち、顔をわたしの耳に近づけて、

「麦《むぎ》さんがかわいかったから」

とささやいた。

それ、動機として不純《ふじゅん》すぎません? と目を丸くする。

「だ、だったら、なんでサボるの?」

「脈《みゃく》ないってわかったから。けど、先輩のたっての頼《たの》みだから、やめるわけにはいかないだろ」

その時、大塚先輩が、いつもの笑顔《えがお》でわたしに声をかける。

「庄司《しょうじ》さんの番だよ。そうだ、これから、瑠里花《るりか》って呼《よ》んでいいかな?」

大塚先輩に聞かれて、わたしが答える前に皆川先輩が言った。

「もちろんだよ、な、瑠里花」

と、肩《かた》に手を置かれた。そんなわけで、わたしは、奏子《そうこ》から聞いた噂《うわさ》が、どうやら本当らし

いと納得《なっとく》したのだった。

トランポリンの上に立つ。ジャンプする。二度、三度。高さが増《ま》す。膝落《ひざ》ち、そして、腰落《こし》ち。ハーフピルエットで、今まで背中側《せなかがわ》の縁《ふち》に立っていた皆川先輩《みなかわせんぱい》の顔が見えた。そのとたん、皆川先輩が親指を立てたので、ちょっと顔がほてってしまった。まあまあうまくできたと思ったのに、腹《はら》落ちで失敗した。腹ばいで落ちる腹落ちは、気をつけないと顔をぶつけてしまう。

「手、三角！」

大塚《おおつか》先輩に注意された。落ちる時、顔の前に両手で三角形を作る。そのタイミングが合わなかったのだ。

教わった技《わざ》を何度かやった後で、トランポリンから降《お》り、秋山《あきやま》くんに交替《こうたい》した。秋山くんは、相変わらず、垂直跳《すいちょくと》びを繰《く》り返すだけだ。

「おい、膝落ちぐらいやってみ！」

皆川先輩が怒鳴《どな》った。けれど何を言われようと、垂直跳び以外のことはしない。しかも、高さもあまり出ていない。そんな秋山くんだけど、二分経《た》って降りる時は、汗《あせ》だくだ。そして、

「ぼく、〇・五キロ、痩《や》せました」

と報告《ほうこく》すると、大塚先輩がにこにこ笑顔《えがお》で言った。

「よかったねえ」

その日の部活の後、四人で校門を出てすぐに、秋山《あきやま》くんが大塚先輩《おおつかせんぱい》に聞いた。

「今日は、西野《にしの》先輩、どうしたんですか？」

「クラブ」

クラブって？　部活じゃなくてって、どういうことかと首をかしげていると、皆川《みながわ》先輩が説明してくれた。

「西野はさ、スポーツクラブでも、トランポリンやってるんだ。どうりでうまいはずだ、と思っただろ？　そうなんだよ。まあ、才能《さいのう》もあるんだけど。小学生の頃《ころ》からやってるし。競技《きょうぎ》会《かい》なんかにも、スポーツクラブから出てる」

「そんなできる人が、なんでうちの部活に？」

秋山くんがまた聞く。当然の疑問《ぎもん》だ、とわたしも思った。

「根っから跳《と》ぶのが好きなんだよ。スポーツクラブだって、毎日じゃないから。ふだんは、部活と別の日にやっているんだけど、たまにクラブの事情《じじょう》で重なることがあるんだ。そんな時はクラブ優先《ゆうせん》。当然だよな。レベル違《ちが》うし」

「まあ、晶菜《あきな》は特別だもんね」

と大塚先輩《おおつかせんぱい》が呑気《のんき》そうな顔で言った。

途中《とちゅう》で、皆川《みながわ》先輩が、クラスメイトを見つけたと言って離脱《りだつ》し、しばらく二人で歩く。

「二人とも、休まずに参加してくれてうれしいよ。わたしの代で、トランポリン部つぶすわけにはいかないから。じゃあ、また次の部活でね」

にこやかな笑顔《えがお》で、大塚先輩が道を曲がる。

「庄司《しょうじ》さん、小学校、朝木《あさぎ》じゃないよね、どっち？」

どっち？と秋山《あきやま》くんが聞いたのは、うちの中学には主に三つの小学校から集まってくるからだ。つまり、朝木小出身の秋山くんが、わたしを見たことはない、というわけだ。

「わたしは、今年の春に東京から引《ひ》っ越《こ》してきたんだ。家は、この先の二つ目の交差点を左に曲がったあたりで、弟は朝木小だけど」

「ぼくの家は、もう一本先の道を右に行ってすぐ」

「割《わり》と近かったんだね。まあ、そんなわけで、わたしは、知り合いが一人もいなかったの」

「そうだったんだ。ちょっと寂《さび》しかったね。けどまあ、それもいいか」

ふと、朝木小で、何かいやなことでもあったのかな、と思ってしまった。なので、朝木小出身の奏子《そうこ》と仲よくしていることは言わないでおいた。

「でも、なんでダイエットしたいの？　嫌《きら》いな運動部にまで入って」

「だよね。ほんとは、科学部に入ろうと思ってたけどさ。太ってると、カッコ悪いから」

そんなことないよ、と言おうとしたけれど、言葉にならなかった。なんか、空々しい感じがしてしまいそうだから。現実《げんじつ》には、痩《や》せたいと思っている子は多い。特に女子は。それは、痩せている方がカッコいいって、多くの人が考えているからだ。

「……けど、体型《たいけい》がふつうの人も、自分が太ってるって思っているって、うちの母親、いつも言ってるよ。無理なダイエットは絶対《ぜったい》だめだって」

「ぼくは、ふつうじゃない。ふつうよりも太っている」

「…………」

「気にしなくていいよ。やっぱ、庄司《しょうじ》さんがいてよかったなって思ってるし。一年が一人だけよりはね」

それはわたしもそうだ。

「理科、好きなんだ」

「まあね。化学の実験とか、面白《おもしろ》いし」

「もうすぐ、最初の中間テストだし、がんばらないとね」

「そうだね。じゃあまた」

軽く手を振《ふ》って、秋山《あきやま》くんは、小走りに去っていく。それを見ても、やっぱりちょっと身体が重そうな感じがある。

ダイエットのために部活。それがいけないわけじゃないけど、楽しいのかな、本当は科学部に入りたかったのに、と思うと、少しもやっとした。


その日の夜、父が珍《めずら》しく早く帰ってきたので、久《ひさ》しぶりに家族そろっての夕飯となった。わたしの家族は、両親と三つ下の弟の四人だ。父は不動産会社の社員で、母は給食センターの管理栄養士《えいようし》をしている。

「陽真《はるま》、どうだ、新しい学校は？」

「まあまあかな。前の学校よりのんびりしてる感じ。で、パパ、ぼく、やっぱりサッカーチームに入りたいんだ」

「そうか。入りたいチームがあるんだな」

「うん。クラスの友だちが何人も入ってる」

陽真《はるま》も、わたしと同じで、それほどスポーツが得意《とくい》というわけではないけれど、サッカーは低学年の頃《ころ》から好きだった。そんなに厳《きび》しいチームでなければいいけれど。でも、友だちもできたようで、よかったな、とは思った。

「瑠里花《るりか》は？　まさか、トランポリンをやるとは。ケガだけはしないでよ」

と、母が言った。まったく、何度言われただろう。ケガには気をつけて。今まで、体育でケガなんてしたことないのに。

「大丈夫《だいじょうぶ》。危険《きけん》なことはしないし。めっちゃユルくて。でも、けっこういい運動になるよ。ダイエット目的で入部した子もいるくらいだから」

「十代の女子は、標準体重の子でも、太ってるって自分で思ってるのよ。無理なダイエットはよくないのに。食事制限《せいげん》とかしてないでしょうね」

出た、母の十八番《おはこ》のセリフ、と思いながら笑って答えた。

「それ、耳タコだし。っていうか、その子、男子なんだけどね。ぽっちゃりしてる」

「まあ、運動はするにこしたことないかしらね」

「勉強もがんばれよ。無理はしなくていいから」

うちの両親は、何事も無理するな、というタイプ。勉強しろとか厳しく言われないので、結果的に、わたしはコツコツ自分でやるようになった。それで、周囲《しゅうい》からは真面目《まじめ》だと思われてしまう。たしかに真面目なんだろうな……。遅刻《ちこく》もしないし、部活だって、サボろうとは思わないし。

中間テストは、五教科。どの科目も平均《へいきん》以上の点が取れた。特に、国語と英語は、平均よりかなりよかった。たぶん、クラスで一、二を争うというほどではないけれど、まずまずの成績《せいせき》だった。

奏子《そうこ》からは、

「やっぱ、瑠里花《るりか》、頭いいじゃん。あたしなんて、平均点すれすれだよ」

と言われたけれど、ただ真面目なだけ、と自分でツッコミ、密《ひそ》かにため息をついた。

4――不機嫌《ふきげん》な新入部員

　秋山《あきやま》くんは、相変わらず、垂直跳《すいちょくと》びしかやらない。わたしはといえば、腰《こし》落ちから膝《ひざ》落ちに続けるのや、四つんばい落ちにもすっかり慣《な》れた。四つんばい落ちは、手と太ももをベッドと垂直にすること、目線は斜《なな》め前。それから、手と膝下を同時に着地させないと、身体がガクンとなってしまう。

　そんな中、六月に入るとすぐに、びっくりするようなことがあった。なんと、新入部員がやってきたのだ。しかも、二年生。静岡県の中学から転校してきたのだという。

　その二年生、山尾紗津季《やまおさつき》さんを見たとたん、できそうな人であることはわかった。身長は低めだけれど、いかにも鍛《きた》えているという感じで、足の筋肉《きんにく》がすごい、と思った。わたしがそう思ったくらいだから、当然、先輩《せんぱい》たちは気がついたはずだ。

　大塚《おおつか》先輩は、大歓迎《だいかんげい》！　と言いながらも、首をかしげて聞いた。顔はもちろん笑顔《えがお》で。

「どうしてトランポリン部に入ろうと思ったの？」

山尾《やまお》さんは、五人の部員を順繰《じゅんぐ》りに見る。この日は、サボりがちの皆川先輩《みながわせんぱい》も参加していた。たぶん、新入部員がいるということを聞きつけたに違《ちが》いない。

「わたし……前の学校で、体操部《たいそうぶ》だったんですよね」

どうりで、と思った。山尾さんの視線が、西野《にしの》先輩のところで止まる。ほんの一瞬《いっしゅん》、目尻《めじり》が上がった。でもすぐに顔を大塚《おおつか》先輩にもどして、また口を開く。

「でも、なんでこんな小さな、一学年三クラスしかない公立中学に、トランポリン部があるの？　体操部さえないのに」

「だよね。不思議だよね。トランポリン部ってあまりないし、あるとしても、中高一貫《いっかん》の私立《しりつ》校《こう》みたいなイメージだよね。でも、うちは、競技会《きょうぎかい》とかめざしてるわけじゃないし、自分のペースで練習してくれればいいからね」

大塚先輩は笑顔《えがお》で答えたけれど、実際《じっさい》には何の答えにもなっていない。でも、たしかに、なんでこんな小さな公立中学にトランポリン部があるのだろう。七不思議だと奏子《そうこ》は言ってたけれど。

大塚先輩は、笑顔のまま、最初にわたしたちに話したように、部の決まりを伝えた。それが終わるとすぐに準備運動《じゅんびうんどう》に入る。さすが元体操部だけあって、山尾《やまお》さんの柔軟性《じゅうなんせい》はわがチーム一の実力者である西野先輩《にしのせんぱい》と変わらなかった。

最初に、部長で唯一《ゆいいつ》の三年生、大塚《おおつか》先輩がトランポリンに上がる。三度めの跳躍《ちょうやく》が高い。

大塚先輩は、腰《こし》落ち、膝《ひざ》落ち、二分の一ひねり跳《と》びながら腰落ち、立つ、ハーフピルエット、抱《かか》え跳び、腰落ち、二分の一ひねり跳びながら膝落ち、腰落ちと続けて止まった。今、わたしが続けてやるように言われている一連の技《わざ》だ。もちろん、さすがに部長だけあって、大塚先輩の動きは美しかった。どれも基本的《きほんてき》なものだ。わたしも一つ一つならできるけれど、やっぱりこんなふうに流れるようにはなかなか続けられない。

次に上がった皆川《みながわ》先輩も、同じ動作をやった。高さは部でいちばんだけれど、姿勢《しせい》の美しさでは、大塚先輩の方が上だ。

次にわたしが上がる。たどたどしく、同じ技を行う。でも、スムーズに続けられずに、途《と》中《ちゅう》で垂直跳びが入ってしまう。それでも、最初の頃《ころ》に比《くら》べたら、ずいぶんと上達した、と自分でも思う。それなのに。

トランポリンから降《お》りて山尾さんと目が合うと、ふっと笑われた。まるで、そんなことしかできないの？　と言われたような気になった。

マイペースの秋山《あきやま》くんは、ひたすら垂直跳《すいちょくと》び。山尾《やまお》さんを見ると、なんだかあきれ顔でいるみたいだった。

　次に西野先輩《にしのせんぱい》が上がった。徐々《じょじょ》に高さを上げ、腰《こし》落ち、腹《はら》落ち、一度立って、開脚《へいきゃく》跳び、四つんばい落ち、腰落ち、二分の一ひねりながら腹落ちと続ける。一度立ってから開脚跳び。指先と足先が同じ方向を向いていてとてもきれい。フルピルエット（ひねり跳び）と続けてから、足を止めた。西野先輩のフルピルエットは完璧《かんぺき》で、三六〇度しっかり回って着地する。ちなみに、わたしは、ひねることがちょっと苦手。ハーフピルエットでも、降《お》りた後、たまに足がふらっとなる。

「山尾さん、跳んでみる？」

　大塚《おおつか》先輩の言葉にうなずきながら、トランポリンに上がった山尾さんは、大塚先輩ではなく西野先輩に向かって言った。というより、言い放ったという感じだった。

「宙返《ちゅうがえ》り、やらないんですか？　あたし、床《ゆか》でだってできるけど」

　大塚先輩が、いつになく大きな声を出した。

「だめだよ！　山尾さん。危険《きけん》だから、禁止《きんし》」

「どうして？　体操《たいそう》では回転の感覚つかむために、トランポリン使いますよ。前の中学にも、

スモールサイズのトランポリンもあって、あたしも、それ使って宙返《ちゅうがえ》りの練習しました」

「いちおう伝えるね。真ん中の十字のところから、ずれないように跳《と》ぶ。まずは跳んでみて。それから、降《お》りた時、思ったより沈《しず》む感じがするからね」

山尾《やまお》さんは中央に立ってから、跳び始めた。さすがというか、跳び上がりながら自然に腕《うで》を振《ふ》り上げる。姿勢《しせい》もきれいだった。けれど、表情《ひょうじょう》が険《けわ》しい。それほど高さが出ているわけではないけれど、想像《そうぞう》以上に高く跳んでいることに、ちょっと戸惑《とまど》っているような感じだった。

それでも、見よう見まねで、抱《かか》え跳びをしたり、ハーフピルエットで跳んだりしている。はっきりいって、わたしより上手だと思った。

二分ほど跳んで降りた山尾さんは、さほど汗《あせ》をかいていないようだった。それから、見せつけるように床《ゆか》に手をついてきれいな倒立《とうりつ》をした。

「すげえ」

と、秋山《あきやま》くんがもらす。

「さすがに元体操部《もとたいそうぶ》だね。上手」

大塚先輩《おおつかせんぱい》の言葉を聞いて、倒立をやめた山尾さんは、険しい目を向けて言った。

「なんで体操部ないんですか?」

「昔はあったって聞いたけどね」

鷹揚《おうよう》な大塚先輩《おおつかせんぱい》とは反対に、珍《めずら》しく皆川《みながわ》先輩が厳《きび》しめの声を出した。

「トランポリン部に入ったんだから、そんなけんか腰《ごし》の言い方やめろよ」

「別に……」

こほんと咳払《せきばら》いして、関田《せきた》先生が珍《めずら》しく口を挟《はさ》んできた。

「トランポリンでは、正式なコーチがいない時は、宙返《ちゅうがえ》りは禁止《きんし》されているんだ。申《もう》し訳《わけ》ないが、ぼくは顧問《こもん》をしているけれど、コーチの資格《しかく》はない。そもそも、トランポリンのことはよくわかってないんだ」

「つまり、できないってことですか?」

それに答えたのは、幾分《いくぶん》、表情《ひょうじょう》を和《やわ》らげた皆川先輩だった。

「そのうち、コーチが来るから。その日は宙返りの練習もできるよ。おれたちだって、宙返りができないわけじゃない。まあ、一年の二人はともかく。西野《にしの》は、二回宙返りとかできるし。でも、体操《たいそう》だと、膝《ひざ》落ちとか、腰《こし》落ちとか、腹《はら》落ちとか、ないだろ。身体のいろんなところで落ちても、弾《はず》んで元にもどる。トランポリンには、そんな面白《おもしろ》さがあるんだよな」

そう、それだ。地上ではあんなふうに座《すわ》った姿勢《しせい》で落ちたり、四つんばいで落ちてまた跳《と》び上がったりなんて、できない。意外なことに、チャランポランでサボってばかりの皆川先輩《みながわせんぱい》に、トランポリンの魅力《みりょく》を、言葉で教えてもらったような気がした。

「とにかく、わたしは部員が増《ふ》えてうれしいよ。できれば、休まないでくれるとありがたいなあ」

いつもの大塚《おおつか》先輩の言葉。そして、西野《にしの》先輩は終始無言だった。

山尾《やまお》先輩は休むことなく部活に参加している。そして基本的《きほんてき》に練習熱心だ。もともと体操《たいそう》という素養《そよう》があるのか、すぐにわたしができるようなことは、一通りマスターした。しかも、わたしよりはずっと上手だ。相変わらず不機嫌《ふきげん》そうだけれど。

そしてどうやら、西野先輩にライバル心を燃《も》やしているようだ。西野先輩の方は、まったく意に介《かい》さない。もともと、孤高《ここう》というのか言葉数も極端《きょくたん》に少ない人だ。

山尾先輩に直接《ちょくせつ》声をかけられたのは、六月半ばのことだった。一巡《いちじゅん》して跳《と》んだ後、一息入れている時だ。

「ねえ、あの太った子、なんで垂直《すいちょく》跳びしかしないの？」

ダイエット目的の部活だから、って正直に答えたら、どんな顔をするだろう。でも、それはわたしが伝えるべきことではない。

「さあ？　でも、うちは、ユルい部活だし。関田《せきた》先生も部長も、何も言わないので」

「関田って、変わってるよね。授業《じゅぎょう》はまあまあ面白《おもしろ》いけど」

「山尾先輩《やまおせんぱい》、関田先生に習ってるんですか？」

「やだな。先輩とか言わないでよ。学年上でも、あたしの方が後から入ったんだから。っていうか、理科教師《きょうし》がトランポリン部の顧問《こもん》ってなんで？　自分じゃやらないくせに」

「たぶん、ほかに顧問のなり手がいなかったのでは？」

「つまり、名ばかり顧問ってヤツだね」

「でも、活動日には必ず出てきて、見守ってくれてますから」

だから悪い先生じゃない。変に口出ししないところも、わたしは割《わり》と好感を持っていた。

「で、皆川《みながわ》って、同じクラスだったんだけど。なんで部活サボるの？」

さすがに閉口《へいこう》した。

「あの、同じクラスなら、皆川先輩本人に、聞いてみては？」

すると、案外あっけらかんとした調子で言った。

「まあ、たしかにそうだよね」

そう言うと、山尾《やまお》さんは、トランポリンに近づいて、ひらりと跳《と》び乗った。うらやましくなるほど、軽《かろ》やかな動作だった。

山尾さんは、にこにこ笑顔《えがお》の大塚先輩《おおつかせんぱい》よりも、わたしがいちばん話しやすいようで、その後、何かと話しかけられるようになってしまった。わたしが、春休みに朝木市《あさぎ》に引《ひ》っ越《こ》してきたことを知って、親近感を持ったのかもしれない。その割《わり》には言葉がきついのだけれど。今も、トランポリンの端《はし》に二人並《なら》んで立って、秋山《あきやま》くんが跳んでいるのを見ていると、

「宙返《ちゅうがえ》りやるにはコーチがいないと、って話だよね。いったい、いつになったら、そのコーチって人、来るの？」

と、聞かれた。返答に困《こま》る。そもそも、自分の中には、宙返りをやりたいなんて発想はないけれど、コーチのことでは首をひねるしかない。

「わたしも会ったことないです。でも、そのうち来るって、皆川《みながわ》先輩も言ってましたから」

「早く来てくんないかな。そうだ、秋山ってさ、ダイエット目的なんだって？　少しは痩《や》せたの？」

山尾さんが話題を変えた。

「どうだろ……」

そういえば、秋山《あきやま》くんの成果を気にしたことはなかったな、と思いながら秋山くんを見る。

ほんの少し、締《し》まったような気もするけれど、印象《いんしょう》はほとんど変わってない。

「競技会《きょうぎかい》とか、ないの？」

また山尾《やまお》さんが聞く。

「さあ……」

「あんた、覇気《はき》がないね。なんで部活、入ったの？」

「まあ、帰宅部《きたくぶ》もなんだな、って思って」

それは、嘘《うそ》ではない。それにもしも、トランポリン部が、こんなユルい部ではなかったとしたら、絶対《ぜったい》入部することはなかった。でも、体験入部したあの日、自分の身体が、自力では到《とう》達《たつ》できない高さに達した時、ほんの少しだけ、何か新しい世界が開けたような気になった。もしかしたら、わたし、殻《から》を破《やぶ》れるかも……。

けれど、身体能力《のうりょく》が高く、あっという間にわたしを追《お》い越《こ》した山尾さんに、そんなことは言えなかった。

「向上心、ないの？」

「わたしは、運動とか得意《とくい》じゃないので。でも、最初に比《くら》べれば、できること増《ふ》えたし、跳《と》んでるだけで楽しいから」

「真剣味《しんけんみ》が足りないんじゃないの？」

たしかに、熱心な西野先輩《にしのせんぱい》や山尾《やまお》さんに比べたら、そうかもしれない。でも、自分なりに一生懸命《いっしょうけんめい》、楽しくやっているんだけどな。

「……あの、山尾さんは、競技会《きょうぎかい》とかに、出たいんですか」

「だれだってそうじゃないの？　やる以上、上をめざしたいし。西野さんだって、そう思っているはずだよ。あたしは体操部《たいそうぶ》では、競技会には出られなかった。一年だったからね。二年になれば出られると思ってたのに、親の都合で転校することになっちゃって」

「じゃあ、体操クラブみたいのに入ったらいいのかも。西野先輩は、スポーツクラブでトランポリンやってて、そこで競技会にも参加しているそうです」

「そういうことか。けど、だれもがそんなクラブに通えるわけじゃないでしょ」

山尾さんは、少しくやしそうな表情《ひょうじょう》で唇《くちびる》をかんだ。

そんな会話が聞こえたのか、大塚《おおつか》先輩が初めて説明してくれた。

「トランポリンの競技はね、簡単《かんたん》に言うと、十種類の違《ちが》った跳躍《ちょうやく》を連続して演技《えんぎ》するの。その時間は、二十秒から三十秒。それを、技《わざ》のできばえを評価《ひょうか》する演技点、技の難《むずか》しさを示《しめ》す難度点《なんどてん》、高さ、つまり滞空《たいくう》時間を評価する跳躍《ちょうやく》時間点、移動《いどう》せずに技を成功したかを示す移動点……着地点がずれると減点《げんてん》されるんだけどね、この四つで点数を競《きそ》うの。高い位置で、三回宙返《ちゅうがえ》りにひねりが入るような高度な技を連続して行う」

「なんか、すごそう」

言葉で聞いただけではイメージできないけれど、すごいことだけはわかった。

「まあ、わたしたちは、競技会《きょうぎかい》とか関係ないから、マイペースで跳《と》べばいいよ。本格的《ほんかくてき》に競技に取り組んでいる人とは別世界っていうか、縁《えん》がない話なんで。でも、一流選手の演技は迫《はく》力《りょく》あるから、興味《きょうみ》があったら、ネットで動画とか、見てみて」

その日、わたしは早速《さっそく》インターネットで、競技の動画を探《さが》して見てみた。びっくりした。高さ、半端《はんぱ》ない。それに、一回宙返りだって、一生できそうもないのに、三回宙返りとかでひねりを入れるなんて。たしかに、わたしたちには縁がない世界だ。こんなに高く跳んで、空中で二回転とか三回転の宙返りを、ひねりを入れながら繰《く》り返す。とても人間業《にんげんわざ》とは思えなかった。

5――コーチが来た

つっけんどんな山尾《やまお》さんにも慣《な》れてきた。身体能力《のうりょく》が高いだけじゃなくて努力家なのは間《ま》違《ちが》いないし、裏表《うらおもて》がなくて案外さっぱりしている人なのだ。西野先輩《にしのせんぱい》に対して露骨《ろこつ》にライバル心を向けているが、西野先輩の方ではどこ吹《ふ》く風って感じだ。本当に孤高《ここう》というか、カッコいいな、と思う。

珍《めずら》しく部員六人全員がそろった。なるべく休まないで、としか言わない大塚《おおつか》先輩から、その日は、必ず参加するようにと言われていたのだ。そのわけはすぐにわかった。大塚先輩の号令で集まると、関田《せきた》先生が、

「今日は、コーチがいらっしゃいます」

と言ったのだ。

「コーチ？」

秋山《あきやま》くんが首をひねる。

「おう。今日は、宙返《ちゅうがえ》りにトライできるぞ」

皆川先輩《みながわせんぱい》が、ちらっと山尾《やまお》さんに目を向けながら言った。でも、宙返りなんてわたしには関係のない話だ。

準備《じゅんび》運動が終わったタイミングで、その人がやってきた。すらっと背《せ》が高く、すこぶる姿勢《しせい》がいい。短めの髪《かみ》で、目鼻立ちのくっきりした人で、まあまあイケメンだ。どこかで見た顔だな、と思った。だけど、知り合いのはずはない。

関田《せきた》先生が、少し改まった感じで説明する。

「えー、こちらは、コーチの大塚穣《おおつかみのる》さんです」

あっ、と思った。大塚先輩のお兄さんに違《ちが》いない。それで、なんとなく知ってる顔だと思ったのだろう。同じことを、秋山くんも思ったようだ。

「部長のお兄さん？」

「そう。東城《とうじょう》大学の三年で、わが朝木《あさぎ》中の卒業生だよ」

大塚コーチは、笑顔《えがお》――その笑顔も大塚先輩によく似《に》ている――で、わたしたちを見回してから、おもむろに口を開く。

「大塚穣《おおつかみのる》です。よろしく。新入部員が三人と聞いて喜《よろこ》んでいます。今までは、月に一、二度は指導《しどう》に来ていたんだけれど、しばらく大学が忙《いそが》しくて来ることができず、申《もう》し訳《わけ》なかった。新入部員とは初顔合わせなので、楽しみにしていました」

当たり前だけど、コーチと部長は苗字《みようじ》が同じ。なので、わたしは、穣コーチ、麦先輩《むぎせんぱい》というふうにファーストネームで呼《よ》ぶことにした。

「じゃあ、早速《さっそく》始めましょう。晶菜《あきな》から」

なぜか麦先輩が、コーチの方を見ようとしないで言った。

すぐに西野《にしの》先輩がトランポリンに上がった。ポーン、ポーンと少しずつ高く跳《と》び上がる。次に背《せ》落ちを繰《く》り返す。背落ちは、腰《こし》落ち同様、身体の前を上にして落ちるのだけれど、腰落ちが座位《ざい》なのに比《くら》べ、背中がトランポリンに接地《せっち》するので、腰落ちよりは難《むずか》しい。手もつかない。西野先輩は、無口だけれど、いつも跳びながらわたしたちに手本を見せてくれている。そのことも今ではわかっている。

何度か背落ちをした西野先輩は、一度止まった。それからまた跳び始めた。手を振《ふ》り上げながら高く、高く。そして……。いちばん高いところで、ふいに、くるっと身体が前方に回った。一瞬《いっしゅん》のことだった。それは、わたしが入部して以来、初めて見た前方宙返《ちゅうがえ》り——空中回転だった。跳《と》び続けながら、次には後方の宙返《ちゅうがえ》りも見せてくれた。きれいだった。カッコよかった。あんなことができたら、どんなにいいだろう。そう思って首を横に振《ふ》る。西野先輩《にしのせんぱい》は、宙返りにひねりも入れて、演技《えんぎ》――それはまさに、演技というものだった――を終えた。秋山《あきやま》くんが思わず拍手《はくしゅ》した。

「いいね。姿勢《しせい》もきれいだし、跳ぶ位置もあまりずれてない」

コーチが言うと、西野先輩がにっこり笑った。わたしは、西野先輩の笑顔《えがお》を初めて見たような気がした。

「ありがとうございます」

続いて、皆川《みながわ》先輩がトランポリンに上がる。柔軟《じゅうなん》運動をするみたいに身体をひねり、何度か軽く跳んでからコーチを見て言った。

「お願いします」

いつになく真剣《しんけん》な面持《おもも》ちで、皆川先輩が跳び始める。そして、四つんばい落ち。ところが、その後でくるりと前に回った。立位からではないが、ちゃんと空中で回転している。それを、何度も繰《く》り返す。見ているうちにわかってきた。これは、前方宙返りの練習なのだ、と。やがて……。

「Ｇｏ！」

コーチの言葉が合図となり、皆川先輩《みなかわせんぱい》は何回か垂直跳《すいちょくと》びをした後で、くるりと前方に回った。最初は着地が少し乱《みだ》れた。でも、二度目のトライではきれいに回って降《お》りた。

「調子いいじゃないか」

コーチは、ポンポンと肩《かた》をたたいた。

「海里《かいり》は、宙返《ちゅうがえ》りは久《ひさ》しぶりだから、四つんばい落ちから始めたの」

つぶやくように、麦《むぎ》先輩が説明してくれた。でもそれだけじゃない。わたしたちに見せてくれているのだ。

その次に、皆川先輩は、まず背《せ》落ちを繰《く》り返し、背落ちからくるっと後転した。それを何回かやった後で、跳び上がってからの後転。きれいに降りた。なるほど、前方も後方も、宙返りは立位から始めるのではなく、回転しやすい形から練習すればいいのだということがわかった。

続いて、山尾《やまお》さんがトランポリンに上がる。

「体操部《たいそうぶ》だったんだって？」

コーチが声をかける。麦先輩は、お兄さんに報告《ほうこく》しているみたいだ。

「宙返り、やりたいです」

「床《ゆか》で、できるんだよね」

「はい」

「じゃあ、跳《と》ばずにやってみて」

「はい。後方宙返《ちゅうがえ》り、やります」

山尾《やまお》さんは、一度もベッドで跳《は》ねることなく、思い切り腕《うで》を振《ふ》り上げて後ろに回った。さすが、と思った瞬間《しゅんかん》、着地に失敗して後ろに尻餅《しりもち》をついた。

「たとえ跳ばなくても、床とは感覚が違《ちが》うからね。まずはトランポリンの感覚をつかんで。じゃあ、垂直《すいちょく》跳びからやってみて」

その後、山尾さんは、抱《かか》え跳びや開脚《かいきゃく》跳び、閉脚《へいきゃく》跳びをやった。かなわないな、と思うくらい、きれいだった。

「背《せ》落ちや腹《はら》落ちもできるよね」

そう言われて、やってみるのだけれど、こっちは開脚跳びなんかに比《くら》べて、あまり上手ではない。そういえば、山尾さんは、背落ちや腹落ちをあまり練習してなかったかも。

「体操競技《たいそうきょうぎ》では、腰《こし》で着地したり、お腹《なか》で降《お》りたり、四つんばいになったりって、失敗みたいだよね。でも、トランポリンでは重要なんだ。それに、腰で降りたり、腹で降りたりしてすぐ跳《と》び上がるなんて、地上じゃ絶対《ぜったい》できない。そこにも面白《おもしろ》さがあると思うんだよね。君は柔軟性《じゅうなんせい》もあるしセンスもいいのだから、もっともっと、空中にいることに慣《な》れるといいよ。その上で、さっき海里《かいり》がやったみたいに、宙返《ちゅうがえ》りに取り組めばいい」

コーチは淡々《たんたん》と語った。

山尾《やまお》さんに替《か》わってわたしがトランポリンに上がる。

「一年生だよね。入部してくれてありがとう。楽しんでくれてるかな」

と笑いかけられた。その笑顔《えがお》が麦先輩《むぎせんぱい》によく似《に》ていた。

「はい。あの……」

わたし、何を言おうとしているんだろ。運動は得意《とくい》でないとか、まだ少ししかできることがないとか……。すぐに言《い》い訳《わけ》しようとする。そんな自分に自己嫌悪《じこけんお》を感じて、言葉を呑《の》みこみ、中央の十字の上に立つ。腕《うで》を振《ふ》り上げて跳び上がる。一度、二度、三度。それから、腰《こし》落ち、膝《ひざ》落ち、二分の一ひねりの腰落ちを続け、一度立ってから、ハーフピルエット、抱《かか》え跳び、腰落ち、二分の一ひねりの膝落ち、腰落ちを順番に行って立った。

初めて会ったコーチに見られていると思うと、緊張《きんちょう》して、いつも以上に汗《あせ》をかいてしまった。伺《うかが》うように見ると、コーチはにっこり笑った。

「いいね。一つ一つの技《わざ》をしっかりこなしている。真面目《まじめ》な姿勢《しせい》がいい」

「……ありがとうございます」

ほめられたみたいだ。ちょっと顔がほてった。けれどわたしへのほめ言葉は、いつだって、真面目。そう言われると、なんだか自分がお堅《かた》い、面白《おもしろ》みのない人間だと言われた気になってしまう。

「君が跳《と》んだのは、バッジテスト五級の内容《ないよう》だよ。今の順番で跳ぶことが求められる。いちばん簡単《かんたん》なものだけれどね。今のように跳べば合格《ごうかく》できるよ」

「あの、バッジテストって、何ですか」

「日本トランポリン協会が、*トランポリンをやる子どものために制定《せいてい》したテストで、いちばん簡単な五級から一級まである。もちろん、大人も受験できるよ。そういうのは、だんだんとわかるようになるから」

「はい」

今頃《いまごろ》になって納得《なっとく》する。西野先輩《にしのせんぱい》は、ちゃんと意味のあることを教えてくれていたんだ。順番にも意味があったなんて。


*日本トランポリン協会は、2012年に日本体操《たいそう》協会に編入《へんにゅう》

わたしは、秋山《あきやま》くんと入れ替《か》わる。秋山くんは、いつものように垂直跳《すいちょくと》びを繰《く》り返す。膝《ひざ》落ちさえ未《いま》だにやらない。そのことも、コーチは麦先輩《むぎせんぱい》から聞いていたみたいで、

「腰《こし》落ち、やってみないか」

と声をかける。でも、足を止めた秋山くんは、首を横に振《ふ》る。

「ダイエット目的だから、技《わざ》とか覚えなくていいんです」

「しかし、変化をつけると楽しいよ。ぼくは、みんなにトランポリンの楽しさを味わってほしいんだよね」

それでも、秋山くんはうなずいたりしない。けっこう頑固《がんこ》というか、強いな、と思ってしまう。わたしだったら、こんなふうに自分を貫《つらぬ》けない。

麦先輩は、いつも自分のことを後回しにする。今回も、最後にトランポリンに上がる。三年生で部長。トランポリンとずっと関わっているのだから、宙返《ちゅうがえ》りぐらいできるのかな、と思ったけれど、麦先輩は地味に、わたしでも何とかできる技を跳び続けた。

二巡目《じゅんめ》に、背《せ》落ちの指導《しどう》をしてもらった。腰落ちには恐怖感《きょうふかん》はないけれど、背中だけで落ちるのは少し思い切りがいる。

「大丈夫《だいじょうぶ》、ちゃんとバネが跳《は》ね返してくれるから」

そう励《はげ》まされてようやく、なんとか格好《かっこう》がついた。でも、一度できてみると楽しい。腰落《こし》ち以上に、床《ゆか》では絶対《ぜったい》できない落ち方だ。

その日、練習が終わった後、穣《みのる》コーチが朝木《あさぎ》中のトランポリン部の歴史《れきし》を語ってくれた。

「なぜ、こんな小さな学校にトランポリン部があるのか、不思議に思う人が多いんだ」

「それ、知りたかったです。体操部《たいそうぶ》もないのに」

山尾《やまお》さんが言って、わたしもうなずく。

それは、コーチが中学に入学する前年の今から十年前のこと。隣《となり》の市にあったスポーツクラブが廃業《はいぎょう》した。そのクラブでは、トランポリンコースもあって、そこで使っていたトランポリンを朝木中学が引き取ることになった。それというのも、クラブでトランポリンを教えていたコーチが朝木中出身で、当時の体育の先生とも親しかったからだ。

その人は、かつては一線級で活躍《かつやく》していた人で渡優希《わたりゆうき》という名前。渡さんはトランポリンをこよなく愛していて、朝木中にトランポリン部ができるなら、週に一度、コーチを引き受けると言ったそうだ。かつて一流選手だった人が指導《しどう》してくれるというので、学校も熱心にトランポリン部を後押《あとお》しし、ちょうど、大塚《おおつか》穣コーチが入部した年に、正式に部活ができた。なんと、その年に一年生が七人も入部し、二年から途中《とちゅう》入部した二人と合わせて、部員は今よりも多い九人でスタートした。渡《わたり》さんは、公立中学にトランポリン部ができたことをとても喜《よろこ》んだ。なぜなら、関東の中学の部活でトランポリンをやれるのは、数校の中高一貫《いっかん》の私立校《しりつこう》に限《かぎ》られていたから。でも、もっと多くの人に、気軽にトランポリンをやってほしい、とずっと願っていたのだ。

入部してすぐにトランポリンに夢中《むちゅう》になった穣《みのる》コーチは、渡さんの言葉に共感した。学校の部活だけじゃなくて、渡さんの転職先《てんしょくさき》のスポーツクラブにも足を運んだ。一時間ぐらいかかるので度々《たびたび》は行けなかったけれど、妹たち、つまり、麦先輩《むぎせんぱい》と麦先輩のお姉さんである実穂《みほ》さんも連れていった。二人の妹たちも、トランポリンが大好きになった。つまり、麦先輩は、まだ小さいうちからトランポリンに親しんでいたことになる。

穣コーチが三年生になった時、渡さんは、海外に行くことになった。朝木《あさぎ》中のトランポリン部をずっと存続《そんぞく》させてほしい。そう願う渡さんに、穣コーチは約束した。

「ぼくが、トランポリン部を守る、と。ぼくだけじゃなくてね、妹たちも、中学生になったらトランポリン部に入って、部がなくならないようにがんばると固く約束したんだ」

穣コーチは、にこにこしながら言ってから、麦先輩の方をちらっと見た。でも、麦先輩は、なぜか目をすっとそらしてしまった。

朝木中《あさぎ》にトランポリン部が誕生《たんじょう》した経緯《けいい》はわかった。そうして、いわば大塚兄妹《おおつかきょうだい》のがんばりで、トランポリン部は続いてきたということのようだ。

穣《みのる》コーチの卒業後のことを、わたしたちに教えてくれたのは、皆川先輩《みながわせんぱい》だった。


その日の帰り、麦先輩《むぎ》はお兄さんである穣コーチと帰り、西野《にしの》先輩もさっさと帰ってしまったので、残りの部員、つまり、皆川先輩と、山尾《やまお》さん、秋山《あきやま》くんとわたしの四人で学校を出た。

「あの、トランポリン部って、ずっと、今みたいにユルい部だったんですか?」

秋山くんが皆川先輩に聞いた。

「そうでもないよ。実穂《みほ》さん、厳《きび》しかったから」

「皆川、かぶってるの?」

「いや、実穂さんは穣さんより三こ下で、麦さんとも三つ違《ちが》いだから。去年は、夏休みに何回か穣さんといっしょに来たから会ったことはあるけどね」

「じゃあなんで厳しいって知ってるの?」

「二こ上の先輩が一年の時、実穂さんが部長だったから。実穂さんは、渡《わたり》さんが働いていたスポーツクラブにも通っていた。っていうか、西野もだけど、本音ではそっちがメインだったんじゃないかな。でも、部活の知名度を上げようとがんばりすぎて、部員に反発されてしまったんだよね。ほら、コーチ資格《しかく》のある人がいないと、宙返《ちゅうがえ》りとかできないじゃん。だから、無理にお願いして、スポーツクラブのコーチに来てもらって。それで、自分の考えだけで勝手に進めてるとかって、かえって反感買ったらしい」

「それ、ちょっとわかるかも」

と、山尾《やまお》さんがつぶやいた。

「まあ、そんなこんなで、いろいろあったけど、麦《むぎ》さんが入学した年になって、ようやく稔《みのる》さんが来てくれるようになって、弱小部活だけど、無事存続《そんぞく》してるってわけ」

「あの、麦先輩《せんぱい》とコーチって……兄妹仲《きょうだいなか》、いいんですか?」

わたしが聞いたのは、麦先輩がコーチと目を合わせないことが気になったからだ。

「うーん。それは、微妙《びみょう》だよな。別に仲が悪くはないけど、いつだったか、麦さん、部活の存続を使命感にしてるのを、大塚《おおつか》兄妹にかけられた呪《のろ》いだって、言ってた。もちろん、冗談《じょうだん》めかしてだけど」

冗談としても、呪いとは穏《おだ》やかではない。もちろん、麦先輩がどんなつもりで言ったのかなんて、わかるはずもないけれど。

「まあ、なんであれ、穣《みのる》さんがまた来てくれるようになったから、山尾《やまお》も宙返《ちゅうがえ》りの練習、どんどんできるよ」

皆川先輩《みながわせんぱい》が笑った。

たしかに、コーチの存在《そんざい》はありがたい。西野《にしの》先輩も麦《むぎ》先輩も、ちゃんと教えてくれるけれど、やっぱり専門《せんもん》の資格《しかく》を持っている人は、ちょっと違《ちが》う。


交差点で、山尾さんと皆川先輩と別れた後で、秋山《あきやま》くんが、

「実穂《みほ》さんって、西野先輩みたいな人なのかな」

と、ぽつんと言った。かもしれない。

「でも、西野先輩は、他人に厳《きび》しくはないっていうか、孤高《ここう》の人だよね」

「たしかに。もし、厳しい先輩がいたら、ぼく、続けられなかったろうな」

「それは、わたしも同じかな。けど、ようやく、うちの学校にトランポリン部があるわけがわかったよ」

わたしの言葉に、秋山くんもうなずいた。

6——麦先輩《むぎせんぱい》の事情《じじょう》

奏子《そうこ》は、卓球部《たっきゅうぶ》の部活を楽しんでいる。先週、他校との練習試合で、一年生同士《どうし》で対決して一ゲームも取られずに勝ったと、うれしそうに語った。

「試合って、どこでやったの？」

「どこって、うちの体育館だよ。向こうが遠征《えんせい》してきたの」

「教えてくれたら応援《おうえん》に行ったのに」

「でも、やる前はあんまり自信なかったし」

「じゃあ、次は教えてよね」

「うん。それでね、瑠里花《るりか》。トランポリン部の部長さん、来てたんだよ。うちの先輩と仲よしみたいで」

「そうなの？」

「大塚麦《おおつかむぎ》さんって、目立つ方じゃないけど、きれいな人だしスタイルもいいし、けっこう男子に人気があるらしいよ」

それはわかる気がする。皆川先輩《みなかわせんぱい》もどこまで本気かわからないけれど、入部動機を麦先輩がかわいかったから、と言っていた。いつも笑顔《えがお》で先輩風を吹《ふ》かせることもないし、やさしい。というか、ユルいというべきかもしれないけれど。

「で、その先輩から聞いたんだけど……」

奏子《そうこ》は少し声のトーンを落として続けた。

「大塚さん、トランポリン部の部長、やりたくなかったらしい。まあ、同じ学年でほかにいないからしかたないけど。それどころか、トランポリン部には、入りたくて入ったんじゃないんだって」

「……そうなの？」

「お姉さんに頭を下げられて、しかたなしにやってるって話」

「本当？」

思わず聞き返す。しかたなしになんて……。でも、どこかで納得《なっとく》できるような気がした。そして、この前、皆川先輩から聞いた言葉がよみがえる。――大塚兄妹《きょうだい》にかけられた呪《のろ》い……。

奏子《そうこ》に麦先輩《むぎせんぱい》の話を聞いてからというもの、つい目が麦先輩に向いてしまう。笑顔《えがお》ばかりが印象《いんしょう》に残る人だけれど、よくよく見てると、険《けわ》しい顔でいることも、なんだか辛《つら》そうな顔でいることもある。でも、そんな時も、目が合うとすぐににっこり笑う。ただ、最初の頃《ころ》は、屈託《くったく》ない笑顔と思っていたのに、最近は、無理に作った笑顔のようにも思えてくる。「呪《のろ》い」という言葉のせいだろうか。

麦先輩のことをいちばんわかっているのはだれだろう。西野《にしの》先輩？　それとも、皆川《みながわ》先輩？

皆川先輩は相変わらず休みがちで、孤高《ここう》の西野先輩は話しかけづらい。

どういうわけか、わたしがよく話すのは山尾《やまお》さん。そして秋山《あきやま》くん。要するに新入部員だ。どっちにしろ、二人が麦先輩のことをわたし以上にわかっているとは思えなかった。

社会の授業《じゅぎょう》は退屈《たいくつ》な授業ベストスリーに入る。ましてや給食の後。寝《ね》ている人もけっこういる。ふと、奏子の方を見ると、頬杖《ほおづえ》をついているけれど、たぶん寝てる。

席が窓側《まどがわ》で、しかも後ろの方でよかったなと思う。あくびをかみ殺《ころ》しながら、わたしはぼんやりと窓の外に目を向けた。校庭では、二年生が体育の授業の真っ最中。どうやら、百メートル走のタイム計測《けいそく》をしているみたいだった。

うそ……と思ったのは、その人の走りっぷりだった。校庭に引かれたラインを二人が並《なら》んで走っているのだけれど、もう一人をはるか後方に残して、走り抜《ぬ》けたのだ。その人とは、皆川《みながわ》先輩《せんぱい》。陸上部顔負けの俊足《しゅんそく》だった。全力で走りきった皆川先輩は、両手を膝《ひざ》に当てて、荒《あら》い息を吐《は》いているようだった。ふだん、いい加減《かげん》な皆川先輩の意外な面を見た気がした。

こほん、という咳払《せきばら》いが聞こえて我《われ》に返る。幸い、叱《しか》られたりはしなかった。授業《じゅぎょう》が終わった後で、奏子《そうこ》に笑われた。

「真面目《まじめ》な瑠里花《るりか》にまでよそ見される先生、かわいそすぎる」

「だったら、奏子、寝《ね》たらだめでしょ」

そう返すと軽く腕《うで》をはたかれた。

わたしは、皆川先輩が俊足だったと奏子に告《つ》げた。

「知ってるよ。小学生の時は運動会のスターだったもん。陸上部から勧誘《かんゆう》されたけど断《ことわ》ったらしい。ただ、走るのなんてタルいって」

まあ、テキトーが許《ゆる》されるからトランポリン部に入ったのかもしれないけれど、でも、もったいない。あんなふうに秀《ひい》でたものがないわたしには、ため息をつくしかなかった。

二度目に穣《みのる》コーチが来たのは、二週間ほど経《た》った頃《ころ》。すでに梅雨入《つゆい》りしていて、外は細かい雨が降《ふ》っていた。

山尾《やまお》さんは、果敢《かかん》に宙返《ちゅうがえ》りに取り組み、四つんばいからの前方宙返りというのを何度か繰《く》り返した後は、垂直跳《すいちょくと》びからの宙返りをやってのけた。さすがに基礎《きそ》があると違《ちが》うな、とただただ感心するばかりだった。

「庄司《しょうじ》さん、四つんばいからなら、回れると思うよ」

とコーチに言われたけれど、首を横に振《ふ》る。でんぐり返しだって、曲がらずにできる自信がないのに。ましてや空中回転なんて……。

トランポリンに上がって、わたしは跳ぶ。

腰《こし》落ち、腹《はら》落ちの後、立つ。それから閉脚《へいきゃく》跳び、四つんばい落ち、腰落ち、二分の一ひねり腹落ち、立つ。開脚跳び、フルピルエット。

それが、バッジテスト三級の構成《こうせい》だと、もうわたしも知っている。別にバッジテストを受けようとも思わないけれど。

「いいね。一つ一つがしっかりできているし、高さもある」

穣《みのる》コーチからはまたほめられた。でもきっと、消極的《しょうきょくてき》だと思われているだろうな。

相変わらず垂直跳《すいちょくと》びだけを繰《く》り返す秋山《あきやま》くんに、穣コーチは特に何も要求しなかった。もしかしたら、麦先輩《むぎせんぱい》の計らいかもしれない。でも、山尾《やまお》さんは容赦《ようしゃ》ない。

「あんた、ダイエット目的って、ちっとも痩《や》せてないじゃん」

秋山くんは、口をとがらせた。

「四月からは、一・五キロ、痩せたんだけどな」

この日、皆川《みながわ》先輩は、担任《たんにん》に呼《よ》ばれたとかで、遅《おく》れてやってきた。わたしは、校庭を疾走《しっそう》していた皆川先輩を思い浮《う》かべる。あの鮮《あざ》やかな走りっぷり。本当に皆川先輩だったの？　とさえ思ってしまう。

皆川先輩は、険《けわ》しい顔つきで宙返《ちゅうがえ》りに取り組む山尾さんが、トランポリンから降《お》りてくると、

「山尾、もっと楽しそうにやれよ」

なんて、声をかけて睨《にら》まれている。睨まれたってどこ吹《ふ》く風だけれど。

楽しそうにやれよ――その言葉、本当は麦先輩に言ってみたらいいのに。

西野《にしの》先輩が美しい姿勢《しせい》で跳んでいるのを見ながら、隣《となり》に立っている皆川先輩に、そっと聞い

てみた。

「あの、この前、大塚兄妹《おおつかきょうだい》の呪《のろ》いって、言ってましたね」

「呪いは大げさだけど、麦《むぎ》さん、責任感《せきにんかん》強いし」

皆川先輩《みながわせんぱい》は、案外真顔だ。

「あの、先輩は、トランポリン、楽しいですか？」

「じゃなきゃ、やってねえよ」

「そう、です、よね」

麦先輩は、楽しんでいると思いますか？　秋山《あきやま》くんは？　なんてことは、やっぱり聞けない。

「だったら、サボるな、って思っただろ」

「そんなこと、ないです」

ほんとはそんなこと、あるけれど。

「おれ、決まりの多いのとかだめだし、もともと、地道に努力するとか、苦手なんだよな。一度も部活をサボらない庄司《しょうじ》はえらいよ」

「そんなことないです」

今度は正直な答え。サボらないんじゃない、サボれないだけ。

「まあ、おれは、テキトー道、極《きわ》めるから」

皆川先輩《みながわせんぱい》は、へらっと笑った。

「それ、極めるって言えるものですか?」

「言うじゃん。まあ、庄司《しょうじ》は将来《しょうらい》の部長だし、時には思ったこと言ったらいいよ」

「なんでわたしが?」

声が裏返《うらがえ》った。

「七月になったら西野《にしの》。その後は、今の一年だけど、秋山《あきやま》は、ねえだろ。つまり庄司しかいない」

「………」

「庄司は、マジ、えらいと思うよ。真面目《まじめ》だし、コツコツ努力しているし」

やっぱりほめられた気がしない。

「それしか能《のう》がないって、思ってます?」

「なんで?　真面目って、最高じゃん」

それ、コンプレックスなんです、って言ったら、どんな言葉が返ってくるだろう、と思いながら、そっと息を吐《は》いた。

「皆川先輩《みながわせんぱい》、足、早いんですね」

「逃《に》げ足が、だろ？」

「陸上部に誘《さそ》われたって聞きましたけど」

「大昔の話」

って、まだ一年ちょっとなのに。

「トランポリンも、真剣《しんけん》にやったら、すごくうまくなりそうなのに」

「だから、そういうのは性《しょう》に合わないの」

なんとなくだけど、はぐらかされたような気がした。軽薄《けいはく》なようでいて、どこか本心が見えない皆川先輩も、麦《むぎ》先輩も、それに山尾《やまお》さんも、訳《わけ》ありな感じ。あらためて考えると、バラバラでまとまりのない部活だ。それでも許《ゆる》されているから、気が楽ではあるのだけれど。


明日から期末テストという日曜日。

この日は、父の会社の人が我《わ》が家に来るというので、わたしは、数学と英語の教科書とノートだけ持って、近くの図書館に行くことにした。なんでも、秋に結婚《けっこん》とかで、仲人《なこうど》をわたしの両親がやることになり、その挨拶《あいさつ》に訪《おとず》れるのだそうだ。

図書館の閲覧席《えつらんせき》は窓側《まどがわ》のエリアにあって、六人掛《が》けのテーブルがいくつか並《なら》んでいる。けっこう埋《う》まっていたが、なんとか空席を見つけることができたので、まずは英語の教科書を開く。試験範囲《はんい》の本文を読み、単語の綴《つづ》りを一通り確認《かくにん》し、練習問題に取り組む。

しばらく経《た》って、ふと教科書から顔を上げた時だった。

「……あれ」

思わずつぶやく。隣《となり》のテーブルに、知っている顔を見つけたのだ。麦先輩《むぎせんぱい》だった。試験勉強をしているのだろう。唇《くちびる》をきゅっとかみしめて教科書に目を落としている。しばらくじっと見ていたけれど、同じテーブルの向かいに座《すわ》っている人と目が合って、慌《あわ》てて視線《しせん》を落とした。でもすぐに、そっと上目遣《うわめづか》いに麦先輩の方を見てはまた勉強にもどる。

麦先輩は、つい先日部長を退《しりぞ》いた。三年の六月末まで、というのが決まりなのだ。新部長は、皆川《みながわ》先輩が言っていたように西野《にしの》先輩に決まった。口数の少ない西野先輩だけど、トランポリンの実力はピカイチだから、妥当《だとう》なのだろう。

あの時、引退《いんたい》するのかと山尾《やまお》さんに聞かれて、麦先輩は「形式的にはね。でも、部活は九月までは続けるから。海里《かいり》は、当てにできないものね」と笑顔《えがお》で答えていた。

正直なところ、麦先輩のいないトランポリン部は、ちょっと想像《そうぞう》できない。だけど、最近は、皆川先輩《みながわせんぱい》から聞いた「呪《のろ》い」という言葉が気になってしかたがない。どういうことなんだろう。一度考え出すと、つい、思考がそっちに向いて、勉強に集中できなくなった。

ぼんやりと見ていると、麦《むぎ》先輩はちらっと時計に目をやってから、教科書を閉《と》じてバッグに入れた。帰るみたいだ。わたしも慌《あわ》てて教科書をしまい、出口に向かう麦先輩を追った。

「麦先輩!」

後ろから声をかけると、麦先輩が立ち止まった。それから、一呼吸《ひとこきゅう》置くという感じで、ゆっくり振《ふ》り返る。

「瑠里花《るりか》も図書館に来てたんだ。試験勉強?」

見慣《みな》れたにっこり笑顔《えがお》。二つも年上の先輩だけど、その笑顔はとてもキュートで、もてるという話もうなずける。でも、わたしは最近、この笑顔が心からのものとは思えなくなっている。

「はい。ちょっと、家に来客があって……」

図書館のすぐ隣《となり》に、小さな公園があった。なんとなく二人並《なら》んでその中に入り、木陰《こかげ》のベンチに座《すわ》る。梅雨《つゆ》の合間の晴れた日で、少し暑かったけれど、からっとしていて、時折吹《ふ》く風が気持ちよかった。ほぼ同時に、ボトルを取り出して、二人で水を飲む。

ふーっと息を吐《は》いてから、空を見つめたまま、麦先輩が言った。

「瑠里花《るりか》、勉強できるんだってね」

「そんなこと、ないです」

「謙遜《けんそん》しなくていいよ。瑠里花は、真面目《まじめ》だもの。トランポリンも、手を抜《ぬ》かないでコツコツやるし、休まないし」

それぐらいしか、取り柄《とえ》がないんです、なんて思っても口にはできない。

「休まないのは、秋山《あきやま》くんも同じですよ」

麦先輩《むぎせんぱい》はくすっと笑った。

「ほんと。垂直跳《すいちょくと》びだけで、よく続くよね。楽しんでるならいいけれど」

「先輩は……楽しい、ですか？　トランポリン」

ほんの一瞬《いっしゅん》、麦先輩の表情《ひょうじょう》が固まる。でも、すぐに笑顔《えがお》にもどる。

「瑠里花、海里《かいり》から、何か聞いた？」

今度はわたしの方が固まってしまった。なんでわかったの？

「………」

「大塚兄妹《おおつかきょうだい》の呪《のろ》いのことでしょ。気にしないでいいよ。晶菜《あきな》だって知ってるし。どのみち、瑠里花たちには、関係ないことだから」

「それは、そうだけど……」

「瑠里花《るりか》は、まわりのこと、気にしすぎかもね。自分が楽しければいいんだよ」

「……うちの部って、ほんと、バラバラですよね。いっしょにがんばろう、みたいなのがなくて」

「そういうのがいい？」

わたしは首を横に振《ふ》る。

「そういう部活だったら、わたしは、続けられないと思います」

「だよね。たぶん、うちの部員、全員がそうかもしれないね」

麦先輩《むぎせんぱい》は、くすっと笑った。

「たしかに」

「瑠里花は、兄貴《あにき》のこと、どう思った？」

「いい人だと思います。アドバイスが的確《てきかく》だし、えらぶったところもないし。それに、トランポリンが好きなんだなって思います。楽しんで、って、いつも言うし」

「まーね。トランポリンはほんとに好きだし、端《はた》で見る分にはいいコーチなんだろうな」

なんだか奥歯《おくば》にものが挟《はさ》まったみたいな言い方だな、と思っていると、麦先輩がまた口を開く。

「情《じょう》にもろいっていうか、案外思い込《こ》みが強くて、それで、トランポリン部、守っていこうなって、えらく熱入れて。それに巻《ま》き込《こ》まれちゃった。兄貴《あにき》は、渡《わたり》さんのこと、慕《した》ってたし」

「麦先輩《むぎせんぱい》は、その渡さんって人のこと、どう思ってたんですか？」

「好きだったよ。最初にトランポリンの楽しさを教えてくれた人だし。一流選手なのに気さくで。クラブでも、ちびっ子たちに教えるのを楽しんでた。ほかのスポーツにも役立つって」

「山尾《やまお》さんが、体操《たいそう》でも使うって言ってましたね」

「それだけじゃないよ。空中での感覚を鍛《きた》えるから、フィギュアスケートとか、スキーのジャンプとか、水泳の飛《と》び込《こ》みとか。あとね、サーカスとかも。それに体幹《たいかん》も鍛えられるし、バランス感覚も養える」

「……なるほど」

「兄貴の代ではね、物珍《ものめずら》しさもあって、部員もそれなりに多かった。もちろん、球技《きゅうぎ》とかに比《くら》べれば少ないけど、跳《と》ぶ順番がなかなか回ってこないって、不満が出るくらい」

「そうだったんですか」

「兄貴が卒業する頃《ころ》は、渡さんもいなくなってたけど、入れ替《か》わるように実穂《みほ》ネエが入部した時も、けっこう部員が多かった。だから、わたしは中学生になったら、別の部活やろうと思ってた。実穂《みほ》ネエは、兄妹《きょうだい》でいちばん運動能力《のうりょく》が高かったし、負けん気も強くて、とてもかなわなかったっていうか、競《きそ》う気もなかった。だけど、実穂ネエの時に、部活の存続《そんぞく》の危機《きき》が訪《おとず》れた」

「………」

「要求が高すぎたんだよね。厳《きび》しいっていうか。やっかまれたりもしたのかな。クラブでもやってるから上手なのは当たり前、なんて言われて。部員がどんどんやめてしまった。で、実穂ネエが引退《いんたい》する時、わたしに、トランポリン部に入って立て直してくれって、頭下げられてね。兄貴《あにき》まで同調して。麦《むぎ》は、人をまとめるの上手だし、敵《てき》を作らないタイプだから、いずれは部長になって、って言われた。渡《わたり》さんとも約束したよな、なんて、小学校の低学年の頃《ころ》のことまで持ち出されて」

「……そんなことがあったんだ」

「結局、頼《たの》まれると弱いんだよね」

「それで、トランポリン部に入ったんですね」

「それがさ、大変だったよ。実穂ネエの妹ってことで、できる人と思われるのもきついし、敵認定《にんてい》する人もいたし、ってそれは、やめた人だけど。二年生が三人残っていただけだから」

麦先輩《むぎせんぱい》は、その頃《ころ》のことを思い出したのか、くすっと笑った。でも、わたしはようやく、麦先輩が、やめないで、という理由を理解《りかい》した。それから、厳《きび》しくないことも。お姉さんの実穂《みほ》さんとは違《ちが》うリーダーになろうと思ったのだ。

「……麦先輩、トランポリン、好きですか」

「別に、好きじゃないよ。熱もないし。呪《のろ》いにかけられたから、しかたなくっていうか、成り行きでやってる感じ?」

冗談《じょうだん》めかした言い方だけど、やっぱり、呪いという言葉は禍々《まがまが》しい。それに、しかたない? そんな気持ちでやるのって、どうなんだろう。

取り繕《つくろ》おうともせずにそう言われて、すぐに言葉が出てこない。でも、ずっと続けているのだから、きっと、心のどこかでトランポリンに惹《ひ》かれているはず。そう思いたい。だから、あえて聞いてみた。

「無理にやらなくちゃいけないんですか。麦先輩は麦先輩なのに」

「でも、たしかに、兄貴《あにき》たちが言うように、わたしも渡《わたり》さんと、約束した一人ではあるんだよね。いくらガキの頃の話でも。トランポリン部を守るって。それに、わたし、昔はお兄ちゃん

子だったから、兄貴《あにき》を悲しませたくもなかったし」

　また、麦先輩《むぎせんぱい》は笑う。どこか切なさを感じさせるような表情《ひょうじょう》で。

「もちろん、約束とかじゃなくても、こうして、瑠里花《るりか》たちががんばってるし、部は存続《そんぞく》させたい。ただ、もともと実穂《みほ》ネエみたいにうまくないし、兄貴みたいに、熱心にもなれなかった」

「……でも、わたし、麦先輩が跳《と》ぶの、好きです」

「別に気を遣《つか》わなくていいよ。実穂ネエとは違《ちが》うし、それに、晶菜《あきな》は、実穂ネエより上だと思うんだ。本当は、晶菜は部活なんてやりたくないのかも。だって、ふだんは宙返《ちゅうがえ》りもできないし。それなのに、名前だけでもって頼《たの》んだら、休まず参加してくれる」

「……西野《にしの》先輩は、トランポリンが大好きなんだと思います。だから、いやいや参加してるなんてことはないです。部長になって、ちょっと感じ変わったし」

「そうならいいけど。まあ、わたしの役目は、在学中《ざいがくちゅう》につぶさないこと。それだけは果たせた。つぶさないためには、それぞれがやりたいようにやればいい。わたしの願いはそれだけだから。わたしが入学した年、ほかに入ってくれる人いなかったの。一つ上の学年に三人いたから、部を存続させることはできた。でも、今はもう大満足。だって、二年には晶菜と海里《かいり》がいて、紗津季《さつき》も加わった。一年生も二人。わたし、がんばったなって自分ほめてる」

「じゃあ、高校生になったら、やめちゃうんですか？」

「うん。きっぱり」

わたしは、もう一つ、気になったことがあった。

「あの、お姉さんは、今も、トランポリン、やってるんですか」

「うん。夏休みには顔出すかも。今、石川県の高校に行ってるの。トランポリンの強豪校《きょうごうこう》」

「そうですか」

「それから、来年以降《いこう》も、兄貴《あにき》は、ちゃんとコーチとして来てくれるから、心配しないで」

麦先輩《むぎせんぱい》は、ゆっくり立ち上がる。

「じゃあまた、期末の後でね。テスト、がんばって」

「はい。先輩も」

わたしは、軽く手を振《ふ》って先輩を見送った。もやもやしたから思い切って聞いてみた。でも、やっぱりすっきりとはしなかった。

まだ二か月ちょっとだけど、わたしは麦先輩が部長だったから、トランポリンを続けられた。たぶんほかの部員だってそうなんじゃないかな。だから、冗談《じょうだん》でも呪《のろ》いなんて言葉は聞きたくない。第一わたしたちには関係ないことだ。それに、何であれここまでやってきたのは、本当はやっぱりトランポリンが好きだからじゃないのかな……。それは、わたしがそう思いたいだけなのかもしれないけど。

7——秋山《あきやま》くんの腹落《はら》ち

麦先輩《むぎせんぱい》は部活を続けている。もちろん、夏に大会やコンクールなんかがある部活では、三年生は現役《げんえき》だ。部活によっては、秋まで続けることもある。でも、六月で引退《いんたい》するケースも多い中、特に大会があるわけでもないのに、変わらずに顔を出す。

それでも、もう部長ではなくなったので、号令（と言っても、始まりの挨拶《あいさつ》と準備《じゅんび》運動のリード、跳《と》ぶ順番を決めたり、片付《かたづ》けの指示《しじ》ぐらいだけど）をかけるのは、西野《にしの》先輩だ。

思いがけなかったのは、西野先輩の声。落ち着いていて、よく通る。孤高《ここう》って感じは相変わらずだけど。それに、前よりもアドバイスをしてくれるようになった。その西野先輩に、山尾《やまお》さんはライバル意識《いしき》を隠《かく》さないけど、負けん気が強い山尾さんが努力家なのはたしかだ。それに柔軟性《じゅうなんせい》では、西野先輩より上かもしれない。ただ、二人が跳ぶのを比較《ひかく》すると、やっぱり西野先輩の方に惹《ひ》かれる。

その差は、切れ味。そして、高さだ。

西野先輩《にしのせんぱい》は、高い位置で技《わざ》を行うが、その高さが、山尾《やまお》さんには不足している。わたしはといえば、技の点ではとうに山尾さんに追い抜《ぬ》かれているけれど、垂直跳《すいちょくと》びならば、わたしの方が高く跳んでいる気がする。気がする程度《ていど》だし、たぶん、ほめられるのはそれくらいだ。

「あたし、軽いからなあ。ねえ、瑠里花《るりか》って、体重、何キロ？」

「え？　それ聞くんですか？」

「いいじゃん、別に、答えたくなければ答えなければいいんだから」

「ですね。秘密《ひみつ》です」

「でも、あたしよりはあるよね」

「背《せ》も高いですから、わたしの方が」

「ねえ、期末テスト、どうだった？」

「ふつうです」

「成績《せいせき》いいんでしょ。なんか、嫌味《いやみ》だよ」

何も言ってないのに。でも、そんなふうにポンポンと遠慮《えんりょ》なくしゃべりかけてくる山尾さんのことは、どこか憎《にく》めない。あけすけで言いたいことを言うところは、少しうらやましいくらいだ。

山尾《やまお》さんが跳《と》んだ後で、珍《めずら》しく、西野先輩《にしのせんぱい》が直接《ちょくせつ》山尾さんに語りかけた。

「トランポリンの魅力《みりょく》って、何だと思う?」

西野先輩は、まっすぐに山尾さんを見ている。トランポリンの魅力……。もし、聞かれたのがわたしだったら、何と答えるだろう。

なぜか山尾さんの顔が少し赤らむ。

「体操《たいそう》とは違《ちが》うって、言いたいの?」

突《つ》っかかるような口調だった。

「違うのは当たり前。でも、共通点もある。そして、それぞれの魅力がある」

西野先輩は、平坦《へいたん》な口調で言った。

「じゃあ、西野さんがそう聞かれたら、どう答えるの?」

そう問われた西野先輩は、視点《してん》をずらして、斜《なな》め上空を見つめた。

「空中で、表現《ひょうげん》すること」

その声は凛《りん》として響《ひび》き、トランポリンの上に立っていた秋山《あきやま》くんも、はっとしたような顔で西野先輩を見つめている。一瞬《いっしゅん》、時が止まったみたいに。

やがて、秋山《あきやま》くんが跳《と》び始める。ギーッ、ギーッとトランポリンが音を立てる。何度か跳んでいるうちに、

「あっ！」

と小さく叫《さけ》んで、秋山くんの身体がつんのめるように前のめりになった。足が引っかかったのだろうか。

「四つんばい落ち！」

西野先輩《にしのせんぱい》の声が飛ぶ。秋山くんは、とっさに四つんばいの姿勢《しせい》を取り、そのままの状態《じょうたい》で落ちる。そして……。

トランポリンのバネに押《お》し返されるようにベッドから跳《は》ね上がり、立った。けれど立ったとたん、後ろ向きに尻餅《しりもち》をついた。

「惜《お》しい、腰《こし》落ちとはいかなかったね」

麦《むぎ》先輩が笑った。

立ち上がった秋山くんは、ぽかんとしてトランポリンの真ん中、十字が描《か》かれたあたりを見つめている。

「秋山、四つんばいになって」

西野先輩《にしのせんぱい》の言葉に、秋山《あきやま》くんは素直《すなお》にしたがって、ベッドの上で両手と両膝《りょうひざ》をついた。

「そのまま、軽く跳《は》ねてみて」

それにもしたがう。

「じゃあ、垂直跳《すいちょくと》びの後、四つんばいで降《お》りてみて」

秋山くんが跳ぶ。二度、三度……。そして四つんばいで降りた。緊張《きんちょう》したのか、さっきよりも手と足がばらついて、少し身体がガクンとなったが、再《ふたた》び跳び上がり、何度か跳ぶと、また西野先輩の声が飛ぶ。

「もう一度！」

次は、きれいな四つんばい落ちができた。

「じゃあ、腹《はら》落ち、いってみようか。降りる時、手の位置、気をつけて。顔の前で三角形だよ」

体格《たいかく》がいい分、秋山くんの腹落ちは迫力《はくりょく》があった。そして……。

「なんか、面白《おもしろ》いかも」

とつぶやくと、その後は、ひたすら腹落ちを繰《く》り返していた。

「なんであんなのが面白いんだろ」

下唇《したくちびる》をかみながら、山尾《やまお》さんはそう言ったけれど、わたしにはわかる。だって、腹落《はら》ちって、お腹《なか》でジャンプするのだから。腹落ちにしろ背落《せ》ちにしろ、トランポリンでなければ、落ちた後、またすぐに跳《と》び上がったりなんて、できっこないのだ。

わたしにとっての、トランポリンの魅力《みりょく》。それは、地上では絶対《ぜったい》にできないことができること。高さも。まだ、そんなに高く跳べるわけではないけれど、それでも自力では到達《とうたつ》できない高さまで跳び上がれる。わたしの目の位置は、平屋の屋根よりは高い。

一学期最後の部活の日に、穣《みのる》コーチが来てくれた。コーチが来る日は、皆川先輩《みながわせんぱい》も休まない。

「秋山《あきやま》、腹落ちやってるって？」

「皆川先輩、ずっとサボってたのに、よく知ってますね」

と言うと、舌打《したう》ちされた。でも、サボってという言葉に腹を立てたわけでもなさそうだ。

「山尾に聞いた」

そういえば、二人は同じクラスだった。けど、教室でそんな話をするのが、ちょっと意外だった。

「山尾にさ、案外根は素直《すなお》だと思うんだ」

「そうかもしれませんね」

言葉にとげはあっても、悪気はないと、わたしも思っていたから。

「言い方とかさ、損《そん》な性格《せいかく》だよな」

「皆川先輩《みながわせんぱい》は、得《とく》な性格ですね」

と言うと、ぽかんとした表情《ひょうじょう》になったが、すぐにくしゃっと笑った。

「庄司《しょうじ》、ほんとに最近、言うようになったよな。最初は借りてきた猫《ねこ》みたいだったのに」

たしかに、と自分でも思った。それはたぶん、このてんでんバラバラな部員たちのトランポリン部が、わたしにとっては、居心地《いごこち》がいいからなのだろう。

「うん、言いたいことは言えばいいさ。ってか、西野《にしの》、やっぱすげえな。秋山《あきやま》に、技《わざ》、やらせちまうとは」

「ひたすら腹《はら》落ちだけど」

「でも、大きな一歩だよ」

わたしはうなずいた。同感だ。

穣《みのる》コーチは、飛ぶ前に秋山くんを見て一言。

「少し、締《し》まったな」

「はい！　二キロ減量《げんりょう》に成功です。体力もつきました。当社比《とうしゃひ》だけど」

「腰《こし》落ちや背《せ》落ちもやってみような」

けれど、秋山《あきやま》くんは、コーチにもどうどうと言い放った。

「もう少し、腹《はら》落ち極《きわ》めます。ダイブできる感じが、面白《おもしろ》いんです」

コーチは、唇《くちびる》の端《はし》を少し上げたが、それ以上何も言わなかった。

でもきっと、秋山くんは、少しずついろんなことをやっていくんじゃないか、とわたしは思っている。

8――一瞬《いっしゅん》のスキ

夏休みに入った。

吹奏楽部《すいそうがくぶ》や、朝木《あさぎ》中でいちばん強豪《きょうごう》のバスケット部みたいに、毎日のように活動があるのは勘弁《かんべん》だけど、わがトランポリン部は週一回。もう少しあってもいいのにな、とは思った。

でも、コーチはほぼ毎回、来てくれるという。その言葉通り、夏休み最初の部活の日にも、穣《みのる》コーチはやってきた。麦先輩《むぎせんぱい》以下、部員も全員勢《せい》ぞろいした。

「コーチが来るのに、サボれない」

と、皆川《みながわ》先輩はへらっと笑った。

「午前中だしね」

麦先輩がぼそっと言ってから、慌《あわ》てて口を押《お》さえる。何、今の？

「そ、おれ、午前中、元気なの。これまで無遅刻《むちこく》だし」

山尾《やまお》さんは宙返《ちゅうがえ》りが上手だ。コーチが来た時は、前方宙返りも後方宙返りも、はりきってくるくる回っている。そんな山尾さんに、コーチが言った。

「もう少し高く跳《と》べるといいな」

山尾さんは、少しくやしそうに唇《くちびる》をかむ。でも、そのとおりなのだ。柔軟性《じゅうなんせい》もあるし、動きもきれい。なのに、山尾さんは高く跳ばない。そこが、西野先輩《にしのせんぱい》との違《ちが》いだ。西野先輩は高さがあって、高い位置で技《わざ》を出す。大げさにいうと、ほんの一瞬《いっしゅん》、空中で止まっているように見えることさえある。空中で表現《ひょうげん》すること、それがトランポリンの魅力《みりょく》。その言葉を実践《じっせん》するように。

八月になってすぐに、母と弟と三人で、長野県にある祖父母《そふぼ》の家に行った。母の実家だ。

「よく来たね。陽真《はるま》は、ずいぶん背《せ》が伸《の》びたんじゃない？」

と祖母《そぼ》がうれしそうに陽真の頭に手を伸ばした。

「そっかな」

「夕飯、食べたいものある？」

「ハンバーグ」

速攻《そっこう》で、陽真《はるま》が答えると、祖母《そぼ》はわたしの方を見て聞く。

「瑠里花《るりか》は？」

「あ、わたしはなんでもいい。好き嫌《きら》いないし」

「瑠里花は欲《よく》がないねえ」

祖母がかすかに笑った。何か、言えばよかったのかな……。

母が育った町は、山の中というほどでなく、かといって県庁所在地《けんちょうしょざいち》の長野市みたいな大きな町ではない。でも、標高が高い分、我《わ》が家に比《くら》べると幾分涼《いくぶんすず》しい。

「昔はクーラーなんて、贅沢《ぜいたく》だと思ったけどね」

と、祖母がつぶやく。今は、リビングはエアコンでほどよく冷えている。

「年々暑くなるみたいね。これも気候変動の影響《えいきょう》かしら」

母がため息交じりにつぶやいた。

「ぼく、自由研究でプラごみのこと、調べるんだ」

と、陽真が得意《とくい》げに言った。

「じゃあ、瑠里花と陽真には、マイボトルをプレゼントしようかしら」

「わたし、五百ミリリットルがいい。部活で、けっこう水分補給《ほきゅう》するし」

「部活って、何をやっているんだ」

無口な祖父《そふ》が珍《めずら》しく口を挟《はさ》んできた。

「トランポリン部」

「トランポリンといえば、児童センターにあるんじゃない？」

「そういうのって、小さい子向けの遊びのためのでしょ」

「そうでもないのよ。もちろん、競技《きょうぎ》とかとは違《ちが》うんでしょうけど、この間、高校生ぐらいの子が跳《と》んでいるの見たもの。天井《てんじょう》も高いし、あと、ボルダリングっていうの？　クライミングウォールもあるわよ」

「ぼく、行ってみたいな。ボルダリング、面白《おもしろ》そうじゃん」

陽真《はるま》が言うので、次の日、祖母《そぼ》と陽真とで行ってみることにした。

児童センター内の運動施設《しせつ》は、思ったよりも立派《りっぱ》だった。陽真がクライミングウォールにかけよって、トライするのを祖母と二人で見ていたけれど、わたしはやっぱりトランポリンが気になった。小さい子たちが楽しそうに飛び跳《は》ねているのを、ちらちら見ていると、何度かクライミングウォールに挑《いど》んだ陽真が、

「あれも面白そう」

と、トランポリンを指さす。わたしたちが近づいていくと、指導員《しどういん》らしき人がいた。姿勢《しせい》がよくて動作がきびきびした女の人だ。穣《みのる》コーチより少し年が上かな、と思った。その人が、陽真《はるま》に向かって声をかけてきた。

「君、跳《と》んでみる?」

陽真は、こっくりうなずくと、靴《くつ》を脱《ぬ》いでトランポリンに上がった。跳び方もめちゃくちゃで、ぴょんぴょん跳《は》ねてるだけだけど、けっこう楽しそうだ。そう、跳んでるだけでも楽しいのだ、トランポリンは。

「陽真、降《お》りる時に膝《ひざ》曲げると、ころばないで着地できるよ」

わたしが声をかけると、指導員の女の人が、おや、というふうにわたしを見てから言った。

「お姉さんも、やってみますか?」

「いいんですか?」

「もちろん」

わたしは、トランポリンに上がった。学校にあるものに比《くら》べると少し小さいみたいだ。何度か垂直《すいちょく》跳びを繰《く》り返した後、抱《かか》え跳びを行う。それから、ピルエット、腰《こし》落ち。どれも基礎《きそ》的《てき》な技《わざ》だけれど、それだけでも、なぜか小さい子たちが歓声《かんせい》をあげた。

「すげえ」

「高い」

恥《は》ずかしかったけれど、ほんの少しだけうれしかった。小さい子の言葉とはいえ、わたしがスポーツで、すごいと言われるなんて。

トランポリンから降《お》りると、指導員の人に聞かれた。

「経験《けいけん》、あるの？」

「少しだけ」

だって、宙返《ちゅうがえ》りもできないし、と唇《くちびる》をかむ。さっき感じたうれしさが、空気の抜《ぬ》けた風船みたいにしゅーっとしぼんでいく。もしも、今、西野先輩《にしのせんぱい》みたいに空中できれいに回れたらどんなにいいだろう。トランポリンでなら宙返りはだれでもできるって言われた。わたしだって、練習すれば……。そう思いかけて首を振《ふ》る。そんなの分不相応《ぶんふそうおう》な欲《よく》だ。でも……欲を持って、いけないこと？

児童センターの帰りに、祖母《そぼ》がカフェにつれていってくれて、わたしたちはパフェを食べた。

「トランポリン、面白《おもしろ》かった。姉ちゃん、すごかったし」

陽真《はるま》が言った。なんとなく、陽真のわたしを見る目がいつもと違《ちが》うような気がする。

「ボルダリングより？」

「うん。思ったより高く跳《と》べたし」

「じゃあ、陽真《はるま》、中学生になったら、トランポリン部、入ってくれる？」

もし、そうなったら、コーチが喜《よろこ》んでくれそうだな、と思った。

「うーん。まだわかんない。サッカーもやりたいし」

それはそうだろう。だいいち、三年も先のことなんて、今から決められるわけがない。わたしだって、まさか、自分が運動系《けい》の部活をやるなんて、入学前には思いもよらなかったのだから。でも、麦先輩《むぎせんぱい》は、いってみれば、外圧《がいあつ》で入部を決めたんだな……。

それにしても、祖父母《そふぼ》の家のそばで、トランポリンをやれるとは。それに、陽真がトランポリンを楽しんでくれたことも、うれしかった。

あんなふうに、部活の日以外でもやれたら……と思って、はっとなった。

「ねえ、おばあちゃん、ああいう施設《しせつ》って、どこにでもあるのかな」

「そうね。けっこうあると思うけど。児童センターみたいのは、たぶんあちこちにできてるんじゃないかな」

「うちの近くにもあるかな」

「調べてみたら」
わたしはうなずいた。もしも、小さい子じゃなくても跳《と》べるところがあったら、部活のない日にもトランポリンができるかもしれない。

祖父母《そふぼ》の家には二泊《はく》した。思いがけず、収穫《しゅうかく》があったのは、学校以外でもトランポリンがやれる可能性《かのうせい》があるということ。西野先輩《にしのせんぱい》みたいに、本格的《ほんかくてき》に行うというほどの覚悟《かくご》はないし、余裕《よゆう》もない。でも、児童センターみたいなところなら、お金だってかからないし、行きたい日に行けるのだ。

家にもどってから、早速《さっそく》インターネットで調べてみた。そして市内にあるいくつかの児童センターのうち、トランポリンをやれるところもあることがわかった。いちばん近いのは、朝木《あさぎ》南《みなみ》児童センターというところで、家から徒歩二十分ぐらいのところだった。わたしは、秋山《あきやま》くんと山尾《やまお》さんを誘《さそ》ってみた。すると二人はすぐに、行くと返事をくれた。

近くのコンビニで待ち合わせて、わたしたちは児童館に行った。
「瑠里花《るりか》、よく見つけたね。こういうところならお金かからないから、ありがたいよ。なんか、学校以外でできるなんて、テッキーだな」

山尾《やまお》さんが、けっこううれしそうに言ったのが、ちょっと意外だった。

「田舎《いなか》に行った時、同じような施設《しせつ》があって、それで、近くにないかなって、調べたんです」

「そっか。うちはさ、貧乏《びんぼう》で、スポーツクラブみたいに金がかかるとこ、無理だから」

ぽつりと山尾さんがつぶやく。もしも、山尾さんの家に余裕《よゆう》があったら、スポーツクラブで体操《たいそう》を続けたのかもしれない。

「ぼく、夏休みに入って、少しリバウンドっていうか、体重がもどったから」

今度は、秋山《あきやま》くんが言った。それぞれ、いろいろ思い悩《なや》むことがあるのだ。わたしも、ある。祖父母《そふぼ》の家に行った時、近くの児童センターでトランポリンをやった。あの時、ふいに芽生えた気持ち。宙返《ちゅうがえ》りにチャレンジしてみたい。でもやっぱり怖《こわ》い。その二つの思いの間を、ずっと行ったり来たりしていた。

トランポリンは、気を抜《ぬ》くとケガをしかねないから、部活の時はトランポリンの前後に、マットを持って人が立つ。でも、ここのトランポリンは、万一外にはみ出しても大丈夫《だいじょうぶ》なように、周囲《しゅうい》にマットが敷《し》き詰《つ》めてあった。それに、指導員《しどういん》が待機している。三十代ぐらいの男の人で、坂上《さかがみ》という名札を下げていた。

小学校の低学年くらいの子たちに交じって、わたしたちは順番に跳《と》んだ。そこのトランポリンは、思いの外《ほか》、跳《と》びやすかった。

その週の後半にも、三人で児童センターに行った。次の週も。週二回行けば、部活と合わせて週三回跳べることになる。山尾《やまお》さんはとても喜《よろこ》んでくれた。ずけずけと言うところは変わってないけれど、転校してきた頃《ころ》に比《くら》べて、ずいぶんフレンドリーになった。学年は違《ちが》っても、トランポリン部としてはほぼ同期で、ちょっとだけ後輩《こうはい》になる。そんなこともあって、わたしと秋山《あきやま》くんのことは、案外気の置けない仲間というふうに感じているのかもしれない。

児童センターに来るのは小学生がいちばん多い。トランポリンでも小さい子優先《ゆうせん》だ。それでも、跳べることには間違《まちが》いないし、三度目ともなると、指導員《しどういん》の坂上《さかがみ》さんともすっかり顔なじみになった。山尾さんは、

「空中姿勢《しせい》、きれいだし、柔軟性《じゅうなんせい》があるね」

と言われて、少し恥《は》ずかしそうにうつむいた。勝ち気なくせに、ストレートにほめられるのは苦手なのかも。

「ただ……」

坂上さんが何か言いかけて口ごもると、山尾さんは正面から相手を見つめた。

「何か、気になること、ありますか？」

「違《ちが》っていたら、悪いんだけど……もしかして、高いところ、ちょっと苦手だったりする？」

ほんの一瞬《いっしゅん》、山尾《やまお》さんの表情《ひょうじょう》が固まった。

「そんなこと、ないです。スカイツリーの展望台《てんぼうだい》、行ったし」

「そうか。なら、腕《うで》を振《ふ》り上げて、手を回すようにして。あと、お腹《なか》に力いれてね。それから、跳《と》んだら下を見ない」

山尾さんは、わかってます、というふうに、少し険《けわ》しい顔でうなずいた。

再《ふた》び、山尾さんが跳び始める。思い切り手を振り上げたせいか、いつもより高さが出た。

坂上《さかがみ》さんが声をかけた。わたしもちょっとびっくりした。今までになく、伸《の》びやかなジャンプだった。高い位置での開脚《かいきゃく》跳び。足が十分に開いて美しい。そして、抱《かか》え跳びも。

「その調子」

ところが……。

一瞬のことだった。体勢《たいせい》が崩《くず》れ、身体が後ろに傾《かたむ》いた。そして、手が泳ぎ、思わず出た、というふうに、左手を出してしまった。背中《せなか》よりも先に手がついた。次の瞬間《しゅんかん》、山尾さんはトランポリンの上で、手をつかんでうずくまっていた。

坂上《さかがみ》さんが慌《あわ》てて上に上った。

「大丈夫《だいじょうぶ》?」

「大丈夫です」

「そうは思えないな」

坂上さんがチェックするように左手をつかむと、山尾《やまお》さんは顔をしかめた。

「手首、捻挫《ねんざ》したみたいだね」

坂上さんは、事務所《じむしょ》につれていって、応急処置《おうきゅうしょち》として湿布《しっぷ》をしてから、近くにある整骨院《せいこついん》に行ってはどうか、と言った。

児童センターを出ると、教えてもらった整骨院に行くという山尾さんに、わたしも秋山《あきやま》くんもついていった。

「捻挫だね。でも、そんなにひどくはないよ」

と整骨院の先生が言った。ひどくないという言葉に、ひとまずほっとしたけれど……。

整骨院を出たとたん、わたしは唇《くちびる》をきゅっとかんで言った。

「ごめんなさい。わたしが、誘《さそ》わなければよかった」

「何言ってんの? 瑠里花《るりか》は関係ない。あたしが不注意だっただけでしょ」

それでもやっぱり、自分のせいなんじゃないか、とどうしても思ってしまう。山尾《やまお》さんと分かれた後で、秋山《あきやま》くんも、わたしのせいじゃないと言ってくれたけれど……。

その日のうちに、部活のＬＩＮＥで、山尾さんのケガのことは、部員全員に伝わった。

次の部活の日、山尾さんは来なかった。まあ、来たって、跳《と》べるわけじゃないだろうけれど。

「自分が跳べなくても、来た方がいいって、山尾には言っておくよ」

いつものように淡々《たんたん》とした口調で、西野先輩《にしのせんぱい》は言った。

でも、来る気になれるかな。

山尾さんは、児童センターで跳べることを喜《よろこ》んでくれた。部活だって、一度も休まずに参加していた。やっぱり、わたしが児童センターになんか、誘《さそ》わなければよかった……。

「瑠里花《るりか》！　ぼんやりしてると、あんたがケガするよ」

西野先輩に叱責《しっせき》されて、はっとなる。気をひきしめないと。これで、自分がケガしたら、みんなに迷惑《めいわく》をかける。

部活の後、一人でとぼとぼ家に向かって歩いていると、皆川《みながわ》先輩が追いかけてきた。

「庄司《しょうじ》が誘ったって？　児童センター」

「……はい」

「それで、責任《せきにん》感じてるみたいだって、秋山《あきやま》から聞いた」

「だめですね。秋山くんにまで気を遣《つか》わせちゃうなんて」

すると、ふいに皆川先輩《みながわせんぱい》は足を止めて、

「それって、秋山のこと、軽《かろ》んじてねえ？」

と、眉《まゆ》を寄《よ》せながら言った。

「そんなことないです！」

思わず大きな声を出してしまった。でも……。入部目的をダイエットと言って、垂直跳《すいちょくと》びばかりしていた秋山くんのことを、わたしはどこかで下に見ていたかもしれない。同じ仲間なのに。わたしの誘《さそ》いに応《おう》じて、児童センターにもいっしょに行ったのに。わたしはうつむいて、きゅっと唇《くちびる》をかむ。

「秋山だけじゃねえよ。山尾《やまお》がさ、庄司《しょうじ》が気にしてるから、慰《なぐさ》めてくれって」

「山尾さんが？」

「運動部やってりゃ、どうしたってケガをすることもある。今回のは、山尾自身の責任。そんなこと、あいつがいちばんわかってるはずだろ」

「…………」

「さっき、西野《にしの》の言葉、LINEした。来週の活動日は来るって」

「そうですか。ケガのことは?」

「大丈夫《だいじょうぶ》だよ。あいつ小柄《こがら》だし、もろに体重受けたわけじゃないみたいだし。もし、秋山《あきやま》が片手《かたて》で全体重受けたらヤバかったかもだけど」

皆川先輩《みながわせんぱい》はニヤッと笑った。ふと、目が合う。いい加減《かげん》に見えるけど、皆川先輩は面倒見《めんどうみ》がよくてやさしい人だな、と思った。

「山尾《やまお》、言ってたよ。高いところに苦手意識《いしき》があって、それを認《みと》めたくなかったって。でも、稔《みのる》コーチにも言われなかったことを指摘《してき》されて、だから、認めるしかないって思ったんだ。それで、かえって踏《ふ》ん切《ぎ》りがついたっていうか。ほんとは、コーチもわかってたんだろうけど、とも言ってたけど」

「そっか。あの時、急に高さが出たなって思ったんです。それが徒《あだ》になったみたい」

「一瞬《いっしゅん》の油断《ゆだん》だな。だけどあいつ、これからは、高く跳《と》べる気がするって。ころんでもただでは起きないっていうか、前向きだよなあ」

その言葉を聞いて、わたしは少し安心した。

「ですね」

「庄司《しょうじ》も見習えよ」

万事《ばんじ》、消極的《しょうきょくてき》なところを指摘《してき》されたような気がした。ふと、祖母《そぼ》に言われた言葉がよみがえる。——瑠里花《るりか》は欲《よく》がないねえ。

「わたし、欲がないんです」

「え？」

「それって、欠点かもしれない。欲深《よくぶか》になるよう努力するので、ご指導《しどう》お願いします」

皆川先輩《みながわせんぱい》は、きょとんとした顔でわたしを見てから、ぷっと吹《ふ》きだした。

次の週には、山尾《やまお》さんは部活に参加した。トランポリンで跳《と》ぶことはしなかったけれど、ストレッチなどは入念に行い、他の部員が跳ぶのを熱心に見つめていた。

9――くやしいキモチ

お盆《ぼん》の後の活動日。

見慣《みな》れない人がいる。しかも、青いレオタード姿《すがた》。でも、顔を見たとたん、だれだかはすぐにわかった。麦先輩《むぎせんぱい》のお姉さんで穣《みのる》コーチの妹の実穂《みほ》さんだ。顔が麦先輩にとてもよく似《に》ていた。麦先輩は穣コーチとも似ているけれど、それ以上に実穂さんと似ていた。

穣コーチに言われて、実穂さんは、わたしたちの前で跳《と》んで見せてくれた。模範演技《もはんえんぎ》とでもいったらいいのだろうか。

高い。西野《にしの》先輩よりさらに高い。そして何度か垂直《すいちょく》跳びをした後で、くるりと前方二回転宙返《ちゅうがえ》りをした。きれいな伸《の》び型《がた》、つまり伸身《しんしん》の回転だった。続いて、抱《かか》え型の後方宙返りに一回ひねり、さらにえび型の後方二回転宙返りと続ける。えび型の宙返りでは、伸ばした両足と顔がくっつきそうになるくらい深い屈伸姿勢《くっしんしせい》を取り、回転の後はきれいに身体を伸ばして着地した。

「すごい……」

秋山《あきやま》くんがぼそっと言った。

「実穂《みほ》さん、スタイルいいから、レオタードも似合《にあ》うよな」

と、皆川先輩《みながわせんぱい》。

「そこですか？　注目点」

わたしは、皆川先輩を軽く睨《にら》んだ。

実穂さんの素晴《すば》らしいパフォーマンスを見た後は、また順番に跳《と》ぶ。実穂さんは部員一人一人に気さくに話しかけた。

最初に跳んだ西野《にしの》先輩には、

「晶菜《あきな》は、ますますキレがよくなってきたね」

とにっこり。皆川先輩には、もう少し丁寧《ていねい》に跳ぶといいよ、と言い、秋山くんには、ダイナミックな腹《はら》落ちだね、と笑顔《えがお》を向けた。そしてわたしには、

「トランポリン部に入ってくれてありがとう。基本《きほん》に忠実《ちゅうじつ》なところがいいね」

と。なんだか、聞いていた話と違《ちが》うな、と思った。本当にこの人が、他の部員たちともめて、

トランポリン部存続《そんぞく》の危機《きき》をもたらした人なのだろうか。

「あの、競技会《きょうぎかい》とか、出てるんですか？」

捻挫《ねんざ》でまだ跳《と》ぶことを控《ひか》えている山尾《やまお》さんが聞いた。

「小さいのはね。全国レベルのは、わたしの実力じゃ無理だから」

「ええ？　そうなんですか？」

「うちの高校は、トップレベルで、全国から集まるの。小学校に入る前からやってるような子も多いしね。すごい人がたくさんいる。わたしなんて、井《い》の中の蛙《かわず》だったよ」

「そうなんだ……」

山尾さんがつぶやく。この実穂《みほ》さんでも、届《とど》かない人たちがたくさんいるという。全国レベルの競技会に出る人って、どんななんだろう。

部活の後、山尾さんが実穂さんに聞いた。

「大学でもトランポリンを続けるんですか？」

「競技に出るわけじゃないけれど、勉強しながら続ける。わたし、体育の先生になりたいの。それで、トランポリン部の顧問《こもん》になって、トランポリンの楽しさを伝えるというのが今の夢《ゆめ》かな。わたしの力ではトップクラスにはいけないし。中学生の時は、少しでも難《むずか》しいことをやりたくて、最初に感じた跳《と》ぶことの楽しさを忘《わす》れてたな、って。だから今、みんな楽しそうにやってるのが、すごくいいなって思う。なんて言ったら、麦《むぎ》に呆《あき》れられるっていうか、怒《おこ》られるかもしれないけど」

「怒らないよ」

となぜか麦先輩《せんぱい》は、少し怒ったように言った。

「とにかく、少人数でも、朝木《あさぎ》中のトランポリン部がずっとなくならないでほしい。それが、わたしの願い」

実穂《みほ》さんは、麦先輩によく似《に》た表情《ひょうじょう》で笑った。たぶん、実穂さんもいろんなことを経験《けいけん》したのだろう。わたしは、実穂さんが、楽しいという言葉を何度も口にしたのが、ちょっとうれしかった。そして、呪《のろ》いなんて言葉、麦先輩には忘れてほしいと思った。

夏休み最後の活動日には、山尾《やまお》さんは跳ぶことを再開《さいかい》した。ただ、宙返《ちゅうがえ》りなどはもう少し後にすることにして、この日はひたすら高く跳ぶことを意識《いしき》して垂直《すいちょく》跳びを繰《く》り返していた。

「秋山《あきやま》かよ」

と、皆川《みながわ》先輩がからかうと、秋山くんが口をとがらす。

「腹《はら》落ちも腰《こし》落ちもやってるけどな」

それぞれやってることはバラバラだけど、なんか、いい感じに部活がまとまっている気がする。

トランポリンから降《お》りた山尾《やまお》さんは、皆川先輩《みながわせんぱい》と冗談《じょうだん》を言い合っている。入部した頃《ころ》には考えられないくらい、山尾さんは皆川先輩にもなじんでいる。親密《しんみつ》そうなやりとりを見ていると、なぜか胸《むね》が少し痛《いた》んだ。別に、わたしが皆川先輩のことが好きとか、そんなんじゃないけど。

西野《にしの》先輩は、穣《みのる》コーチの前では、部長になる前みたいに口数が少なくなる。その時だけは孤《こ》高《こう》の人にもどったみたいに。求道者《ぐどうしゃ》のようにきりっとした表情《ひょうじょう》で跳《と》ぶ。高く跳んで回転にひねりが加わる。特に、一回ひねりを入れた伸《の》び型《がた》の後方宙返《ちゅうがえ》りは、空中での伸身姿勢《しんしんしせい》がうっとりするくらいきれい。ちなみに同じ宙返りでも、膝《ひざ》を抱《かか》え込《こ》むようにして回転する抱え型よりも、伸び型やえび型の方が難易度《なんいど》が高い。

じっと西野先輩の演技《えんぎ》を見ていると、穣《みのる》コーチに声をかけられた。

「宙返り、やってみたくなった？」

「無理です！」

「ちゃんと練習すれば、だれでもできるよ」

「……でも」

「前段階《ぜんだんかい》だけでも、やってみようか」

「……はい」

わたしは、ついにうなずいた。本音を言えば、憧《あこが》れている。高く跳《と》び上がった空中で、くるりと回る自分。できたら、どれだけ爽快《そうかい》だろう。

コーチは少しうれしそうだ。やっとやる気になってくれた、と思ったのかも。それを見ると、しっかり応《こた》えたいと思う。思うだけではどうしようもないけれど。

「じゃあ、今日は、ひたすら背《せ》落ちをやろう。膝《ひざ》を抱《かか》えるようにして。できたら、二分の一のひねりを入れて」

つまり、空中で身体をひねり、跳び上がった方と反対側を向いて落ちる。

わたしはその日、飽《あ》きるくらい背落ちを繰《く》り返した。まるで、垂直《すいちょく》跳びばかりしていた頃《ころ》の秋山《あきやま》くんみたいに、ひたすら同じ技《わざ》。背落ち、背落ち、背落ち、ひねり、背落ち……。

そして、三度目にトランポリンに上がった時、跳ばずにその場で後転、つまり、後ろでんぐり返しをやるように言われた。できないわけじゃないけど、小学校の時マット運動が苦手だったことを思い出してしまった。なかなかまっすぐ回れなかったことがあったっけ。案《あん》の定《じょう》、久《ひさ》しぶりにやった後転は、曲がってしまった。

「大丈夫《だいじょうぶ》。もう少し勢《いきお》いをつければ」

何度か繰《く》り返すうちに慣《な》れてきた。慣れてしまえば、どうということがなく、苦手意識を持っていたことが不思議なくらいだった。

「今日は、ここまでにしようか。庄司《しょうじ》さんは、基礎《きそ》をしっかりやっているから大丈夫だよ」

ほんとに？　励《はげ》まして言ってるだけなんじゃないですか……。

二学期が始まった。

始業式の日、教室で顔を合わせた奏子《そうこ》に、

「なんか、たくましくなったみたい」

と言うと、軽く小突《こづ》かれた。

「それ、女子に言う？」

でも目が笑ってる。

「部活でいっしょにならなかったし、久しぶりだから」

「まーね。ほかの学校との練習試合とかもあったけど、まずまずだったよ。秋の新人戦めざしてがんばらないと」

「つまりさ、たくましくなったって、練習の成果だってことで」

わたしも笑いながら言った。

「そういうことにしておく。瑠里花《るりか》の方は？」

「ほら、うちは、競技会《きょうぎかい》とか出るような部活じゃないから。でも、いろいろあったよ。練習、週一なんで、児童センターでトランポリンのできるとこ行ったの。そこで、山尾《やまお》さん……六月に転校してきた二年生なんだけど、ちょっとケガしちゃって。たいしたことはなかったんだけど。それから、いつか、わたしも宙返《ちゅうがえ》りができたらいいなって、今は思ってる」

「宙返り？　前は絶対《ぜったい》無理って言ってなかった？」

「そうなんだけどね。ちょっとがんばってみることにした」

「そうだよ。瑠里花は、自分を過小評価《かしょうひょうか》しすぎだと思うな。どんなことでも、できないって決めてかからない方がいいよ」

「……うん。ありがと。あのね、うちのエース、西野《にしの》さんって言うんだけど、すごく上手で、ひねりを入れた伸身《しんしん》宙返りとか、上手なの。伸《の》び型《がた》って言ってるけど、抱《かか》え込《こ》みより難《むずか》しいんだ。高い位置で、一直線の美しい姿勢《しせい》で、ほんとにきれいに回るの。すごくカッコいいの」

奏子《そうこ》はくすっと笑った。

「なんか、瑠里花《るりか》がそんなにトランポリンに熱中するとは思わなかったよ」

「熱中、ってほどではないけど。やれるかどうかも、わからないし」

ついそんなふうに言ってしまうのは、できなかった時の言い訳《いわけ》をあらかじめ用意しているのかも。そう思うと、自分の気の小ささがいやになってしまう。


二学期最初の部活の日。わたしが、ひたすら背落《せ》ちを繰《く》り返していると、穣《みのる》コーチの次のアドバイスは、

「背落ち、もうぜんぜん恐怖感《きょうふかん》ないよね。そしたら、背中で、というよりも、体育座《ずわ》りのような形で降《お》りてみて。背中で落ちちゃうと回りづらいから」

というものだった。コーチは、麦先輩《むぎせんぱい》を呼《よ》んでやらせた。

麦先輩は、体育座りのような形で降りた後、くるりと身を後ろに回転させ、立った。なるほど、背落ちよりも、少し身体を起こした状態《じょうたい》で落ちる方が、うまく回転することはよくわかった。背中から落ちて後ろに回転するこの技《わざ》はプルオーバーという。

「プルオーバーができれば、後方宙返《ちゅうがえ》りまであと少しだよ」

そう言われてトランポリンに上がったけれど……。

体育座《ずわ》りで落ちることは、OK。回れそうな予感もする。それなのに、お尻《しり》をついて跳《は》ね上がった後、わたしの身体はどうしても後転まではいかなかった。結局、回れずにそのまま背中《せなか》から落ちる。回ることが怖《こわ》かったのだ。

できないまま、汗《あせ》だくになってトランポリンから降《お》りる。

「顔、前見て。足を後ろにける。自分の頭の中で、回れるというイメージを作ろう」

「……はい」

西野先輩《にしのせんぱい》はもちろん、皆川《みながわ》先輩も山尾《やまお》さんも、いとも簡単《かんたん》に宙返りをやっているように見えた。なぜ、わたしにはできないのだろう。運動が得意《とくい》じゃない。柔軟性《じゅうなんせい》だってない。だから、しょうがない。

「瑠里花《るりか》、宙返り、やりたくないの?」

山尾さんに、少し問《と》い詰《つ》められるように聞かれて、返事に困《こま》った。

「児童センターに誘《さそ》ってくれて、うれしかったんだよ、あたし。トランポリンにも、本気なんだなって」

何も言えなかった。ただ、曖昧《あいまい》に笑う。わたしは、こっちの人間。そっちには行けない。宙返《ちゅうがえ》りにチャレンジなんて、分不相応《ぶんふそうおう》。それで、いい。秋山《あきやま》くんと同じ。できることを、繰《く》り返しているのが性《しょう》に合ってるんだと、ついつい、後ろ向きの気分になる。

わたしは、だれにも気づかれないように、ふーっとため息をついた。

部活のない日の放課後、わたしは一人で学校の図書室に行った。スポーツの本が並《なら》んでいる棚《たな》を見ても、トランポリンについて書いてある本は見当たらなかった。野球とかサッカーとか、それなりにあるけれど、やっぱり競技《きょうぎ》としても、部活としてもメジャーじゃないし。

「瑠里花《るりか》」

名を呼《よ》ばれて振《ふ》り返ると、西野先輩《にしのせんぱい》が立っていた。

「あ、こんにちは。トランポリンの本って、ないですね」

「ないことないけど、少ないかな。ここには置いてないと思う。何か、調べたいの？　トランポリンのこと」

「あ、そういうわけじゃないけど」

「トランポリン、楽しい？」

聞かれてすぐに答えが出てこなかった。ずっと楽しいと思っていたはずなのに。今だって、楽しくないわけじゃない。それは間違《まちが》いない。でも、どうしてか、偽《いつわ》りなく、楽しいです！とは言えなかった。

「そう思う時と、そうじゃない時が、あるみたい」

それは、前に進めない自分がふがいないからだ。

「瑠里花《るりか》は正直だね」

「え？」

西野先輩《にしのせんぱい》は、珍《めずら》しくニヤッと笑った。

「自分で、気がついてない？　割《わり》と顔に出る」

「そうですか？」

表に出さないつもりでいたのに。

「楽しかったり、そうでなかったり。だれだってそうだよね」

「西野先輩も、楽しくない時、あるんですか？」

「楽しくないというか、苦しい時もある。うまくできなければ。でも、できなかったことができるようになるのはうれしいし」

「わたしは、もともと、運動得意《とくい》じゃないし」

「でも、瑠里花《るりか》は真面目《まじめ》でコツコツやってるし、休まないからえらいよ」

「コツコツって、特技《とくぎ》とか才能《さいのう》のない人に向ける言葉ですよね」

「何言ってんの？」

「…………」

「コツコツ真面目にやるって、だれにでもできることじゃないんだよ。ものすごい長所だから」

「まさか」

「宙返《ちゅうがえ》り、やりたいでしょ」

「……そうでも、ないかな」

「ねえ、自分にはどうせできないとか、思い込《こ》もうとしてない？　ほんとはくやしいのに、その気持ち、見ようとしてないんじゃないかな。山尾《やまお》は、瑠里花と別の意味で正直。くやしさを隠《かく》さない。瑠里花は、だめだった時の言《い》い訳《わけ》、考えてるみたい。逃《に》げてるっていうか。もっと、自分を信じてあげなよ。宙返りは、きちんと練習すれば、だれでもできるんだから」

何も言えずにうつむいていると、西野先輩《にしのせんぱい》は黙《だま》ったまま去っていった。

本当はくやしい。そうなのだろうか。

次の活動日に、わたしは部活を休んだ。サボったわけではない。休んでみて、何を感じるかを試《ため》してみたかったのだ。もちろん、休むことは事前に伝えた。

家に帰って教科書を開く。今頃《いまごろ》、秋山《あきやま》くんは、腹《はら》落ちを繰《く》り返しているのだろうか。今日は穣《みのる》コーチが来ないから、皆川先輩《みながわせんぱい》は休んでいるに違《ちが》いない。山尾《やまお》さんは、西野《にしの》先輩は、麦《むぎ》先輩は、どうしているのだろうか。

教科書の中身がちっとも頭に入ってこない。わたしは、外に出て自転車を引《ひ》っ張《ぱ》り出した。どうせ集中できないのなら、買い物に行こうと思ったのだ。英語のノートがなくなりそうだし、マーカーもほしかった。駅に行く途中《とちゅう》にあるRマートなら、食品や雑貨《ざっか》だけじゃなくて、学用品もあって、コンビニより品数も多い。

Rマートの駐輪場《ちゅうりんじょう》に自転車を止めて、入り口に向かう時。あっ、と思わず声が出そうになり、慌《あわ》てて呑《の》みこむ。エコバッグを提《さ》げて出てきた、ド派手《はで》なTシャツを着た男の人。皆川先輩だった。反対側の手で、小さな女の子の手を握《にぎ》っている。

買い物？　妹？

皆川先輩《みながわせんぱい》は、わたしには気がつかなかった。女の子に何事か話しかけながら、歩いていく。エコバッグからは、長ネギがのぞいていた。

10──海里《かいり》のヒミツ

　あれ、何だったんだろう。

　わたしは、しばし、自分のもやもやを忘《わす》れていた。たまたま、買い物をしていただけだったのかもしれないけれど、なんでだろう、皆川先輩《みながわせんぱい》の手に、あのエコバッグが妙《みょう》になじんでるみたいに感じた。

「妹さん、いるんですか？」

　わたしはトランポリンのそばに並《なら》んで立つ皆川先輩に、小声で聞いた。今は山尾《やまお》さんが跳《と》んでいる。皆川先輩は、山尾さんをじっと見つめたまま答えた。

「いるよ、一人。なんで知ってるの？」

「この間、見かけたんです。Ｒマートから出てきたの」

「そっか」

「あの……」

「おれんち、母親いないから」

「…………」

知らなかった。じゃあ、買い物はいつものこと？　そんな疑問《ぎもん》が顔に出たのか、皆川先輩《みながわせんぱい》は少し切なそうに笑った。

「夕飯作るの、おれの仕事。妹の学童のお迎《むか》えも。あ、でも、気ぃ遣《つか》われるから、内緒《ないしょ》な」

「……はい」

じゃあ、部活にあまり出られないのも、そのため？

適当《てきとう》、いい加減《かげん》、サボってばかり。でも、ほんとはやさしい人。それが、わたしにとっての皆川先輩だったけれど、もしかしたら、適当でもいい加減でもなかったのかも。

その日は、せっかくコーチが来たのに、皆川先輩のことが気になって、集中できなかった。宙返《ちゅうがえ》りの練習は少し休むと告《つ》げて、わたしは、最初の頃《ころ》の秋山《あきやま》くんみたいに、垂直跳《すいちょくと》びを繰《く》り返し、たまに抱《かか》え跳びやピルエットを入れるくらい。でも、これこそ、適当。そして適当が許《ゆる》される部活。それが、麦《むぎ》先輩の望んだ部活のカタチなのだけれど。でも、麦先輩は九月で引《いん》退《たい》する。そうしたら、部活のあり方も変わるのかな。

「皆川《みながわ》のこと、気になる？」

部活が終わって片付《かたづ》けをしている時、麦先輩《むぎせんぱい》にそう聞かれた。

「え？」

「ずっと、見てたでしょ、今日」

思わず、顔がほてった。こんなふうに赤面したら、妙《みょう》な誤解《ごかい》をされそう。

「あ、いえ。あの……。わたし、弟がいて、それで、皆川先輩は……」

「小学校二年生の、ちょっと年の離《はな》れた妹がいる」

「麦先輩、知ってたんですか？」

「妹のこと？」

「っていうか……」

「瑠里花《るりか》は、何を知ってるの？」

「実は、この間、Ｒマートのそばで見かけて」

「そっか。練習、休んだ日だね」

「はい。すみません」

「あいつ、派手《はで》な服だったでしょ」

「……はい」

「それだとかえって気づかれないんだって。まあ、買い物してる時、あんまり同級生とかに、会いたくはないかも。瑠里花《るりか》、よくわかったね」

「跳《と》ぶ背中《せなか》、見てますから」

「そっかぁ、なるほどねぇ。姿勢《しせい》、いいよね、わたしたち」

麦先輩《むぎせんぱい》は、ふふっと笑った。

「お母さんのことも？」

「小学校、同じだったし。海里《かいり》が中学に進学する直前の春休みに亡《な》くなったの。それで今は、海里が食事のしたくしてる。あと、美哉《みや》ちゃんの学童のお迎《むか》えも」

「………………」

「知ってる人はほとんどいない。たぶん、瑠里花は、話しても大丈夫《だいじょうぶ》と思ったから。つまり口が堅《かた》そうだから。それで無理に隠《かく》さなくてもいいって思ったんじゃないかな」

「でも、いい加減《かげん》に思われるの、損《そん》じゃないですか」

「気ぃ遣《つか》われるよりはいいみたいだよ。ほんとは陸上とか、やりたかったんだと思うの。でも、ただ走るのなんてかったるいって言って、誘《さそ》い断《ことわ》った。うち、公立にしてはまあまあ陸上強いからね。だけど、帰宅部《きたくぶ》よりは部活やってた方が、印象《いんしよう》いいでしょ。入試の時の面接《めんせつ》とかでも。それで、契約《けいやく》みたいな感じで、トランポリン部に入ってもらったの。休んでいいからって」

「そうだったんだ」

「黙《だま》っててあげて。海里《かいり》がそうしたいんだから」

「わかりました」

とわたしは答えた。もやもやするけれど、そう言うしかなかった。


昼休みに相談がある、と皆川先輩《みながわせんぱい》から連絡《れんらく》があった。集合場所は、二年生の教室近くの踊《おど》り場。集まったのは、麦《むぎ》先輩をのぞく五人のトランポリン部員。

「相談って何ですか？　ぼく、英語の宿題、残っているんですよ」

秋山《あきやま》くんが少し口をとがらせながら言った。手には、英語の教科書とノートを持っている。

「とか言って、おまえ、だれかに聞こうと思ってんだろ」

皆川先輩がニヤニヤ笑っている。

「で、なんなの？　皆川」

せかすように西野先輩《にしのせんぱい》が聞く。

「麦《むぎ》さん、今月までだろ。で、おれたちで何か記念品、贈《おく》らない？」

「記念品って？」

「たとえば、トランポリンのウエアとか」

「でも、麦先輩、トランポリンは中学でやめるって……」

ついそう口にしてから、あれ？　これって秘密《ひみつ》だったのかな、と思って慌《あわ》てて口を手でおおう。もう手遅《ておく》れだし、皆川《みながわ》先輩は、知っていたみたいだ。皆川先輩がわたしたちを順繰《じゅんぐ》りに見回して、

「だからさ。やめないで、ってメッセージ込《こ》めて。トランポリンクッションとかでもいいかも。一人二千円ずつぐらい出せば、ちゃんとしたものが買えると思うんだよね」

と言って、スマホで画像《がぞう》を見せてくれた。見かけはただの四角いクッションだけど、中にバネが入っていて、ぴょんぴょん跳《は》ねることができるらしい。

「へえ？　こんなのあるんだ。ぼくも買おうかな。座《すわ》り心地《ごこち》もよさそうだし、跳《と》べば運動になるし」

と秋山《あきやま》くんが言うと、だろ？　というふうに親指を立てた皆川先輩がまた言った。

「まあ、高く跳《と》ぶことはできないけど、気が向けばこれで跳《は》ねて、トランポリンをやりたくなれば、コーチといっしょに来てくれるかもしれないだろ」

ところが……。

「ちょっと待ってよ。あのさ、二千円ずつぐらいとかって、気軽に言わないでほしいんだけど」

荒々《あらあら》しい口調で言った山尾《やまお》さんは、険《けわ》しい目つきで皆川先輩《みながわせんぱい》を睨《にら》んだ。

「………」

「あたしは、皆川みたいな苦労なしじゃないんだから。そんな余裕《よゆう》ない！」

山尾さんは、きゅっと唇《くちびる》をかんだ。二千円。わたしにすれば、出せない金額《きんがく》じゃない。麦《むぎ》先輩にプレゼントしたい気持ちもある。でも……。

山尾さんは、西野《にしの》先輩みたいに、スポーツクラブに行けるような余裕はない、と前に言ってたっけ。お金のかからない児童センターへの誘《さそ》いを喜《よろこ》んでくれた。十分なお小遣《こづか》いをもらってなければ、二千円は簡単《かんたん》に出せる金額ではないのかもしれない。

「贈《おく》り物のアイデアは、悪くないと思う」

西野先輩が言った。

「無理。だいたい、皆川《みながわ》は、サボってばかりなくせに、なんなんだよ。気まぐれにしか部活に出てこないのにそんな提案《ていあん》してさ。マジ、苦労知らずはお気楽でいいよね。やってられない」

「山尾《やまお》さん、そんな……」

そんな言い方、ない。そう言いたかった。苦労知らずだのお気楽だの。でも、言えなかった。皆川先輩《せんぱい》が妹の世話や家事をやっているのは秘密《ひみつ》だ。

皆川先輩を見ると、すっと目をそらされてしまった。でも、山尾さんを責《せ》めることはできない。二千円という金額《きんがく》をどう感じるかも、人によって違《ちが》って当たり前だ。

「あのさ、わたし、麦《むぎ》さんには感謝《かんしゃ》してるんだ。何か贈《おく》りたい気持ちはある。でも、それなら卒業の時でもよくない？」

西野《にしの》先輩の言葉に、皆川先輩も、

「……そうだな。どうするか、時間かけて考えればいいし」

とうなずいて、その場は解散《かいさん》となった。まだ不機嫌《ふきげん》そうに背《せ》を向けた山尾さんは、階段《かいだん》を降《お》りかけてから、急に振《ふ》り向《む》いた。

「秋山《あきやま》、英語、瑠璃花《るりか》に教えてもらえば？　時間あるし」

それからすぐにかけ去った。しばし突《つ》っ立っていた秋山くんは、はっと我《われ》に返って、ぬっと英語の教科書を開いてわたしに向けた。

わたしは、秋山《あきやま》くんが訳《やく》につまずいているところを簡単《かんたん》に説明してあげた。

「そっか。庄司《しょうじ》さん、頭いいんだな。おれ、ばかだし、デブだし」

「秋山くんは、ばかでもデブでもないよ」

「庄司さんは、クラス違《ちが》うし、知らないでしょ」

「そんなの、見てればわかるし」

「でも、そう言われちゃうんだよね」

「だれがそんなひどいこと言うの？」

「……兄貴《あにき》がね。ぜんぜん似《に》てないんだ。おれと兄貴」

「だったらおまえはクズだ、って言ってやれよ」

気がついたら、そばに皆川先輩《みながわせんぱい》が立っていた。

「言えないですよ。そんなこと言ったら、手が飛んでくる」

「秋山くん、それで痩《や》せたかったの？」

「まあ、そんな感じかな。あんまし痩せてないけど」

「そんなことねえよ。五月頃《ごろ》に比《くら》べたら、筋肉《きんにく》ついてるし、柔軟性《じゅうなんせい》も増《ま》してる。だからさ、もう少し技、増《ふ》やせよ。もっと楽しくなるから」

皆川先輩《みながわせんぱい》は、ポンポンと背中《せなか》をたたくと、二段抜《にだんぬ》きで階段《かいだん》を駆《か》け下りていった。

「なんかおれ、トランポリン部、好きかも」

ぽつんと秋山《あきやま》くんがつぶやいた。それは同感。だから、皆川先輩と山尾《やまお》さんの間に、わだかまりが残らないことを祈《いの》るばかりだった。

でも……。

皆川先輩と山尾さんはやっぱりぎくしゃくしている。珍《めずら》しく穣《みのる》コーチが来ない日に皆川先輩が参加した時も、二人はほとんど顔を合わせなかった。

わたしは、皆川先輩が苦労知らずだなんて、言われたままなのはいやだ。その言葉を向けられたのがわたしなら、カチンときても、そのとおり、と思うしかないけれど、皆川先輩は、もしかしたらいちばん苦労しているかもしれないのだ。かといって、それを山尾さんに告《つ》げることはできない。

そんなことを考えていて、ついぼんやりしてしまい、西野《にしの》先輩に怒《おこ》られた。

「ぼーっとしてるとケガするよ！」

いつの間にか、しっかり者の部長に変身した西野先輩は、本当に人のことをよく見ている。

いっそ、西野先輩《にしのせんぱい》に、相談してみようか、とも思った。でもやっぱり、わたしが勝手に、皆川《みながわ》先輩の事情《じじょう》を話すわけにはいかない。

その日、部活が終わると、皆川先輩は着替《きが》えることなく、急いで帰っていった。

わたしたちが更衣室《こういしつ》で制服《せいふく》に着替えていると、

「うちの親ってさあ、ケチなんだよね」

と、何かのついでのように麦《むぎ》先輩が言った。

「え？」

「っていうか、兄貴《あにき》も運動やってるから、よく食べるの。それで、面倒《めんどう》になると、Ｒマートの値引《ねび》き弁当《べんとう》、買ってくるんだよね。五時頃《ごろ》から値引きして、最初は二十パーセント引き。それが三十パーセントになって、さらに残ると半額《はんがく》」

「あ、うちの親も値引きシールのついたお惣菜《そうざい》、よく買ってきますよ。Ｒマート、けっこう美味《おい》しいし。ゴボウの甘辛揚《あまからあ》げとか好きです」

とわたし。

「わたしもあれ好き。Ｒマートは、系列《けいれつ》のスーパーじゃなくて、お惣菜が安くて美味しいのがウリなんだよね。それが夕方はさらに安くなるし」

麦先輩《むぎせんぱい》がまた言った。

「そうなんですか？　じゃあ、あたしも買いにいってみようかな」

山尾《やまお》さんが言った。


数日後、山尾さんと皆川《みながわ》先輩は、仲直りした。

Ｒマートに買い物に行った山尾さんが、ばったり、皆川先輩と会ってしまったのだそうだ。

つまり、わたしが会った時と同じパターンだ。その時になって、ようやく気がついた。

麦先輩は、Ｒマートで皆川先輩が買い物することを知っていて、わざと山尾さんがそこに行くように仕向けたのではないだろうか。山尾さんと皆川先輩のぎくしゃくの原因《げんいん》を、麦先輩がどこまで知っていたのかはわからない。それに、仕向けても、実際《じっさい》に二人が会う可能性《かのうせい》がどれくらいあったのかも謎《なぞ》だ。でも、二人は鉢合《はちあ》わせして、山尾さんは皆川先輩の事情《じじょう》を知ることになった。そして皆川先輩は、山尾さんにも知られた以上、黙《だま》っている必要もない、と思ったみたいで、部活の仲間に告《つ》げた。

麦先輩は、わたしにだけ聞こえるように、ぼそっと言った。

「たぶん、晶菜《あきな》は知ってたんじゃないかな」

なるほど。麦先輩《むぎせんぱい》が山尾《やまお》さんと皆川《みながわ》先輩のぎくしゃくの原因を知ったわけも、西尾《にしお》先輩から伝わったのかも。まさか、プレゼント相談のことまでは話していないだろうけれど。

なんかいいな、トランポリン部の仲間って。だから、もっと本気でがんばってみよう、とわたしは思った。

11——だれのために跳《と》ぶのか

高く跳び上がり、空中で身体が回転する。その時、まっすぐ伸《の》ばした脚《あし》と手がくっつく。えび型《がた》の後方宙返《ちゅうがえ》り。きれいだな、と思ってしまう。跳んでいるのは山尾《やまお》さんだ。

宙返りで簡単《かんたん》なのは抱《かか》え型。その、抱え型の宙返りの前段階《ぜんだんかい》で、わたしは先に進めなくなっている。プルオーバーができない。回ろうとすると、身体が硬直《こうちょく》してしまう。高い位置で回転するわけではないのに。

一つ前の段階にもどって背《せ》落ちを繰《く》り返し、トランポリンの上で、回る感覚を身につけるために弾《はず》まずに後転をする。けれど、身体が空中に放り出されると、どうしても回ることができなかった。

「顎《あご》引いて。上を見ない！　怖《こわ》くないから。そこまでくれば、だれでも回転できるんだよ」

西野《にしの》先輩《せんぱい》の声が飛ぶ。

焦《あせ》る。なぜ焦ってしまうかといえば、今、秋山《あきやま》くんが同じ練習を始めたからだ。

「面白《おもしろ》い！」

弾《はず》むような秋山くんの声。そして、わたしが足踏《あしぶ》みしている間に、秋山くんは、あっけなくプルオーバーを成功させた。思わず拍手《はくしゅ》が起こる。

「秋山、できたじゃん」

山尾《やまお》さんの声に、わたしは一人うなだれた。後《おく》れを取ってしまった。もちろん、秋山くんは宙《ちゅうがえ》返りができるようになったわけではない。座《すわ》った位置から回転しただけで、立位から完全に回るのとは違《ちが》う。だけど、とにかく自分の身体を空中でちゃんと回転させたのだ。

その日、急いで着替《きが》えて先に出ると、一人でとぼとぼと帰った。人は人。正論《せいろん》だ。頭ではわかってる。でも、心はずんと落《お》ち込《こ》んでいた。


教室でぐずぐずしていると、奏子《そうこ》に言われてしまった。

「瑠里花《るりか》、部活行かないの？　今日、トランポリン部の日だよね」

「あ、うん。今日は、休もうかなって」

「なんか元気ないみたいだけど。体調、悪いの？」

「そういうわけでもないんだけど……。ほら、うち、割《わり》とユルいから」

「まあ、たしかに、卓球部《たつきゆうぶ》じゃ、体調不良でないかぎり、部活に出るか迷《まよ》うなんて、考えられないかな」

「だよね、ふつうは」

「瑠里花《るりか》は、トランポリン、はりきってやってると思ってたけど。ほら、あたし、目がいいから。部活が同じ日、時々、見てたよ。あ、跳《と》んでるな、ずいぶん高く上がるんだな、って」

「そうなの？　わたしも、奏子《そうこ》がいるな、って思ったことはあったけど」

「跳びながら、よそ見はできないよね」

と、奏子は笑った。

「ねえ、奏子は、卓球で落《お》ち込《こ》むこと、ある？」

「ええ？　そんなのしょっちゅうだよ。試合に負ければ……部内の練習試合だって、負ければくやしいし、なんであの球拾えなかったんだろう、とか。もっと強いサーブが打てたらいいのに、とか、カットうまくなりたいとか」

「くやしくても、落ち込んでるように見えないよ。奏子は、いつも前向きで。勝ち気だし」

「勝ち気？」

「あ、ほめてるの。勝負だから大事なことだし」

「トランポリンって、採点競技《さいてんきょうぎ》でしょ。もちろん、順位はつくんだろうけど」

「うん。そうはいっても、うちは競技って感じでもないけどね。競技会に出るわけじゃないし。とてもそういうレベルじゃないから」

「なら、よけい自分が基準《きじゅん》だよね」

「え？」

「昨日の自分より、今日の自分っていうのか。それは卓球《たっきゅう》でも同じだけど。もちろん、好調《こうちょう》不調はあるけど。できないことができるようになるって、うれしいじゃん」

まさにそこだ。わたしは、ずっと回転ができない。できるようになるという感じを味わえないでいるのだ。

「できるような気がしない時って、ある？　そんな時は、どうするの？」

「うーん。クサイ言葉だけど、努力は裏切《うらぎ》らないって言い聞かせるとか。じゃあ、あたし、そろそろ行くね」

そう言うと、奏子《そうこ》はにっこり笑った。

「うん。わたしも、やっぱり部活、行くことにする」

休んでも怒《おこ》られない。でも、今休むのは、逃《に》げることになる。前に、自分の気持ちを確《たし》かめたくて休んだ時とは事情《じじょう》が違《ちが》う。せめて逃げない自分でいたい。

それなのに思いは空回りする。プルオーバーに慣《な》れていく秋山《あきやま》くんを見ながら、ついため息が出そうになる。その日、がんばって部活に出たけれど、わたしは変わらず足踏《あしぶ》み状態《じょうたい》を続けた。

「瑠里花《るりか》、いっしょに帰ろう」

山尾《やまお》さんに言われて、立ち止まる。

「あ、はい」

「ねえ、寄《よ》り道しない？」

「それってまずくないですか？」

「いいから、ちょっと付き合ってよ」

腕《うで》を引《ひ》っ張《ぱ》られて、わたしはしかたなくついていった。

山尾さんが向かったのは、夏休みにわたしが誘《さそ》って、秋山くんと三人で行った児童センターだった。

「坂上《さかがみ》さんとそれっきりになってて、気になってたの」

ああ、そうか。山尾《やまお》さんが捻挫《ねんざ》してから、わたしもずっと行っていなかった。いろいろお世話になったことを考えると、少し申《もう》し訳《わけ》ない気がしてきた。

坂上さんは、わたしたちを見ると、とても喜《よろこ》んでくれた。

「どうしたかな、って思っていたんだ。もう、大丈夫《だいじょうぶ》？」

「はい。宙返《ちゅうがえ》りもガンガンやってます」

「そうか。君は、どう？」

坂上さんは、わたしの方に顔を向けた。

「ちょっと停滞中《ていたいちゅう》です。プルオーバーにつまずいて」

「君は、高さがあったし空中姿勢《しせい》もきれいだったよ。宙返りは、最初は怖《こわ》く感じるかもしれないけれど。君たち、朝木中《あさぎ》だよね、その制服《せいふく》。朝木中のトランポリン部なら、ちゃんとしたコーチも来てくれてるでしょ。だから、安心してトライすればいいよ。大切なのは、ほんのちょっとの思い切りだから」

「ほんのちょっとの思い切り……」

わたしは、坂上さんの言葉をオウム返しにつぶやく。

「がんばって」

という声に送られて、わたしたちは児童センターを後にした。

「いい人だね、坂上《さかがみ》さん」

山尾《やまお》さんの言葉に、わたしもうなずいた。

「ねえ、瑠里花《るりか》」

「あの、山尾さんは……」

二人同時に声を出してしまった。どうぞ、というふうに、山尾さんが顎《あご》をしゃくったので、わたしはおずおずと口を開いた。

「山尾さんは、体操部《たいそうぶ》で最初にバク転とかやった時って、怖《こわ》くなかったですか?」

「うーん。たぶん、回ることにあまり恐怖心《きょうふしん》ないんだよね。小さい時からでんぐり返しが大好きだったみたいだし、鉄棒《てつぼう》でもくるくる回ってた。小学校の低学年の頃《ころ》には側転とかガンガンやってたし」

「そっか……」

「でも、ほんとは高いとこ、あまり得意《とくい》じゃなかったかも。高さでは、瑠里花にも負けてる。って、勝ち負けじゃないけどね」

「ですね。勝敗を争う、球技《きゅうぎ》とかとはちょっと違《ちが》いますよね」

「だけど、勝ち負けだって考えちゃって。西野《にしの》に負けたくなかった。負けてるけど」

「勝ち負けじゃないですよ」

と言うと、山尾《やまお》さんはおかしそうに笑った。

「今じゃ、たいしたヤツだと思ってるんだ、西野。あたしは、自分が西野よりできない理由を探《さが》してた。それって、ばからしいって気がついたのは、瑠里花《るりか》たちと児童センターに行ったからかも」

「え？」

「だって、瑠里花、楽しそうだったよ。西野さんよりすごい実穂《みほ》さんが、楽しいって何度も言ったでしょ。それ、大事だよね」

わたし、楽しそうだったのかな、あの時。今は、どうなんだろう。

「ねえ、瑠里花、おまじないを教えてあげる」

「おまじない？」

「プルオーバー成功のための」

「…………」

「トランポリンに上ったら、目を閉《と》じて、ほんのちょっとの思い切りって、三度繰《く》り返す」

「ええ？　それって、坂上《さかがみ》さんの言葉じゃないですかぁ」

山尾《やまお》さんは、えへへとわざとらしく笑った。それからふいに真顔になって言った。

「瑠里花《るりか》はあれこれ考えすぎ。皆川《みながわ》のことも、ひとりで気をもんでたんでしょ」

「…………」

「そんな瑠里花、あたし、けっこう好きだな。っていうか、トランポリン部に入って、今はよかったって思ってるし。そんなこと、西野《にしの》には言いたくないけどさ」

「じゃあ、わたしが言っておきます」

「絶対《ぜったい》言うな！」

ちょうど、分かれ道にさしかかった時、わたしが足を止めると、山尾さんも止まって振《ふ》り向《む》く。

「あの、山尾さん」

「なんだよ」

「なんでもないです。じゃあ、また」

わたしたちは軽く手を振り合って分かれた。わたしが言おうとしたこと。――わたしも、自分に正直な山尾《やまお》さんのこと、けっこう好きです。

その夜、西野《にしの》先輩《せんぱい》からLINEにメッセージが届《とど》いた。

くやしさは自分に向けろ。人との比較《ひかく》じゃない。自分納得《なっとく》。あとは自由に。それがうちのトランポリン部だよ。瑠里花《るりか》はちゃんとうまくなってる。プルオーバーもあと半歩だから。

あと半歩。あと一歩ではなく半歩。その言葉に、わたしはすごく励《はげ》まされた。

九月の最終週の月曜日が来た。麦《むぎ》先輩が部活に参加するのは、今日と次の木曜だけだ。トランポリンの上に乗ったわたしは、おまじないの言葉を三度唱《とな》えた。

ほんのちょっとの思い切り……。

そして、あと半歩。

中央に立ってジャンプを始める。二度、三度。体育座《ずわ》りに近い背《せ》落ちをして、回る。

わたしの身体はくるりと回った。そして、両足で……立った！

「やったね、瑠里花《るりか》！」

山尾《やまお》さんの声が聞こえた。続いて……。

「もう一度」

冷静な西野先輩《にしのせんぱい》の声。小さくうなずき、わたしは再《ふたた》び跳《と》ぶ。背《せ》落ちから回る。立つ。また跳ぶ。背落ちから回る。立つ。跳んでいるうちに、目がうるうるしてきた。わたし、できたよ。前に、進めたよ……。

トランポリンから降《お》りる。秋山《あきやま》くんが拍手《はくしゅ》で迎《むか》えてくれた。それも、本当にうれしそうに。

次の順番が来た時も、わたしはプルオーバーを繰《く》り返す。身体がくるりと回るって、不思議。

体育館の高い天井《てんじょう》が動く一瞬《いっしゅん》。

半歩前に、わたしは進んだ。わたしは跳ぶ。楽しいから。わたしが跳びたいから。

12――めざすものは

九月最後の部活は、麦先輩《むぎせんぱい》が引退《いんたい》する日だ。

聞きたい。本当にもうトランポリンから卒業してしまうんですか。穣《みのる》コーチはそれでいいって？　もちろん、決めるのは麦先輩自身だけれど。

心の問いを、言葉として発することはできなかった。

いつも通りの練習をした後、この日の最後に、麦先輩を送るために、わたしたちは最善《さいぜん》の演《えん》技《ぎ》を披露《ひろう》しようと決めた。穣《みのる》コーチがいるので、宙返《ちゅうがえ》りだってできる。

まず、関田《せきた》先生が部員たちの前に立つ。

「みなさん、今日は、ただ一人の三年生、大塚《おおつか》麦さんが部活に参加する最後の日です。大塚さんは、小さな、しかも顧問《こもん》が頼《たよ》りないトランポリン部をずっと牽引《けんいん》してきました。本当にお疲《つか》れさまでした。今日は、部員のみなさんそれぞれが、最高の技《わざ》を披露して、大塚さんへのはなむけにしたいと思います」

西野先輩《にしのせんぱい》が、まず、山尾《やまお》さんの名前を呼《よ》ぶ。

山尾さんは、高い位置で開脚跳《かいきゃくと》びをした。それから、後ろ宙返《ちゅうがえ》りも前宙返りもやった。口は悪いけど努力家の山尾さんは、どんどんうまくなっている。

「高さが出てきたね。でも、もっと高く跳べるよ」

にこにこしながら、麦《むぎ》先輩は言った。

続いて秋山《あきやま》くんが上がり、垂直跳《すいちょくと》び以外をやるきっかけとなった、腹落《はらお》ち、そしてプルオーバーを繰《く》り返す。プルオーバーをわたしより先にできるようになった秋山くんは、今のところ、後ろ宙返りにトライする気配はない。

「がんばったね、秋山」

ならばわたしは？　これまでやってきたこと。高く跳ぶ。ピルエット、開脚跳び。そして、腹落ち、腰《こし》落ち、ひねりを入れる。それから、プルオーバー。二度、三度。垂直姿勢から回ってみたい。でも、結局、できなかった。

「瑠里花《るりか》、宙返りまであと半歩だよ」

半歩と言われた。この前、同じことを西野先輩に言われたっけ、と思いながら、わたしは笑《え》顔《がお》で頭を下げた。でも、内心は複雑《ふくざつ》だった。

皆川先輩《みながわせんぱい》は、少し荒《あら》っぽいけれど、力強く前方宙返《ちゅうがえ》りを見せてくれた。

そして、西野《にしの》先輩。ほれぼれするほどの演技《えんぎ》だった。本番は見たことがないけれど、まるで競技会《きょうぎかい》の演技みたいに、十本の技《わざ》を見せる。後転、前転、ひねり技……。

「さすが、エースだね！」

麦《むぎ》先輩の笑顔《えがお》がはじける。あとは、最後に麦先輩が跳《と》ぶ。でも……。

トライしたい。麦先輩の前で。

「あの……」

わたしは声を上げる。上げながら、何を言おうとしてるの？　ともう一人の自分が止める。たった今、後輩《こうはい》としていちばんふさわしい、西野先輩の演技を見たばかりなのに、ぶち壊《こわ》す気？

「何、瑠里花《るりか》」

「もう一回だけ、跳ばせてください。麦先輩が見てる前で」

一瞬《いっしゅん》の間の後で、みんながうなずいてくれた。申《もう》し訳《わけ》ない気持ちを、あと半歩と言い聞かせて抑《おさ》え、トランポリンに上がる。手が震《ふる》えた。落ち着けと心に言い聞かせ、深く息を吐《は》いてから、跳《と》び始める。高く。着地するとギーッと音を立てて、トランポリンが沈《しず》む。再《ふたた》び手を振《ふ》り上げて跳ぶ。高く、もっと高く。それから、足を蹴《け》り上げるようにしてから膝《ひざ》を抱《かか》える。くるりと身体が回って床《ゆか》が見えた気がした。曲げた足を伸《の》ばす。次の瞬間《しゅんかん》、わたしはトランポリンの上に立っていた。

できた。抱え型《がた》の後方宙返《ちゅうがえ》りが、できた！

「瑠里花《るりか》、もう一度！」

麦先輩《むぎせんぱい》が叫《さけ》ぶ。

「はい！」

跳ぶ。二度、三度。そして、わたしはもう一回トライした。後方宙返りを。

「すごい！　瑠里花！」

はっとして見ると、トランポリンのすぐそばで、奏子《そうこ》が立って手を振っていた。

「さっき、ちらっと見えて、飛んできたよ。できたじゃん、宙返り！」

わたしはにっこり笑ってから、トランポリンを降《お》りた。奏子に肩《かた》を抱《だ》かれたまま、

「ありがと。でも、奏子、卓球部《たっきゅうぶ》にもどって」

とささやくと、小さく二度うなずいて、奏子は走りさる。わたしは、麦先輩の方を見てから、

ゆっくり丁寧《ていねい》に頭を下げた。

「最高のはなむけかも」

麦先輩《むぎせんぱい》のつぶやきと笑顔《えがお》。本物の笑顔だ。そのとたんに、目の奥《おく》がツーンとなって、わたしは瞬《まばた》きを繰《く》り返した。西野《にしの》先輩、皆川《みながわ》先輩、山尾《やまお》さん、秋山《あきやま》くん、穣《みのる》コーチ、関田《せきた》先生……。

みんな笑顔。バラバラな部員たちの、不思議な一体感に包まれた。

トランポリンと出会えてよかった。心からそう思った。

麦先輩がトランポリンに立つ。西野先輩ほど高くない。でも、正確《せいかく》でずれないジャンプ。そして、美しい空中の姿勢《しせい》の開脚跳《かいきゃくと》び。ターンテーブル（腹《はら》落ちから水平に一八〇度回る技《わざ》）、それから麦先輩の身がくるりと回る。伸《の》び型《がた》の前方宙返《ちゅうがえ》り。めったに宙返りをしない麦先輩の美しい宙返りだった。

麦先輩は、ほんの少し名残惜《なごりお》しそうにあたりを見回し、ひらりとトランポリンから降《お》りた。

「ありがとう、みんな。あとは任《まか》せたよ」

ほんとに、今日でやめちゃうの？

「お疲《つか》れさま、麦」

穣《みのる》コーチが声をかけると、麦先輩はコーチを軽く睨《にら》む。

「ほんとだよ。兄貴《あにき》と実穂《みほ》ネエのせいでね。やりたくもないことだったし、大嫌《だいきら》いだと思ったこともあったけど」

穣《みのる》コーチは、ちょっぴり気まずそうな表情《ひょうじょう》を見せたが、たぶん、もう兄妹《きょうだい》での確執《かくしつ》は通り越《こ》したのではないか、と思った。麦先輩《むぎせんぱい》の目が笑っていたから。

「でも、いい仲間には出会えたよ。特に、この春からは、個性《こせい》的なメンバーがいて面白《おもしろ》かったし。じゃあ、最後にみんなの抱負《ほうふ》を聞かせて」

「ぼくは、やめません。それを、大塚《おおつか》麦先輩に約束します」

秋山《あきやま》くんが言った。

「それ、抱負か?」

皆川《みながわ》先輩のツッコミに秋山くんはさらりと言い返す。

「そうです。何かを続けるのって、大事だから」

わたしは、

「麦先輩が卒業する前に、前方宙返《ちゅうがえ》りをマスターします。だから、受験が終わったら、見に来てください」

と言った。

「わたしは、もっと高く跳《と》びます」

山尾《やまお》さんが言った。

「おれは……抱負《ほうふ》とか、ないかな」

と皆川先輩《みながわせんぱい》がぼそっと語る。

「だったら、ぼくにケチつけることないじゃないですか」

秋山《あきやま》くんが口をとがらすが、皆川先輩は意に介《かい》さない。

「でも、麦《むぎ》さんのおかげで、中学で部活ができた。だから、あと一年、がんばる」

「なんだ、立派《りっぱ》な抱負じゃないですか」

「じゃあ、晶菜《あきな》、締《し》めてくれるかな」

「わたしは……自分がトランポリンができればよかったから、麦さんにしたがってきた。そのことに後悔《こうかい》はないし、麦さんのことは大好き。何よりも自分が自由にやれたから。でも、これからは、自由な雰囲気《ふんいき》を残しながら、もう少し部員たちが技《わざ》の向上をめざせる部活にしたい。それから、来年の春には、部員を増《ふ》やしたいです」

「期待してるよ」

爽《さわ》やかな笑顔《えがお》を残して、麦先輩はトランポリン部を引退《いんたい》した。

一人いなくなっただけで、なんだか気が抜《ぬ》けてしまったような十月を過《す》ぎて、でも、わたしたちはそれぞれがそれぞれの目標に向けて取り組み始めた。

わたしにとってのいい変化。体育の成績《せいせき》が上がった。というか、いつしか、小学生の頃《ころ》に比《くら》べて体育を苦手に思う気持ちが少なくなっていた。相変わらず、球技《きゅうぎ》はうまくないし、走るのも速くはないけれど。

そんなふうに時は流れ、年が変わり春が来て、麦先輩《むぎせんぱい》が無事高校入試に合格《ごうかく》したことを知った。それでも、麦先輩が部活に顔を出すことはなかった。

「本当に、もうトランポリンからはきっぱり足を洗《あら》うつもりなのかな」

「どうなんだろうな。コーチも何も言わないし」

そう。穣《みのる》コーチは相変わらず、指導《しどう》に来てくれている。だけど、麦先輩を話題に乗せることはなかった。

卒業式に記念品を贈《おく》ることは決めていた。最初二千円に難色《なんしょく》を示《しめ》した山尾《やまお》さんも、お年玉もらったし、と応《おう》じてくれた。

トランポリンは卒業すると言っているんだから、トランポリンに関係するものなんて贈るべきじゃない。

いや、やっぱり思い出してほしい。

それって、こっちのわがままじゃない？

そんなやりとりを繰《く》り返して、それでも結局、わたしたちは、トランポリンクッションを贈《おく》ることにした。それが、ただのインテリアになってもいい。でも、わたしたちとつなぐものとして、トランポリンに取り組んだ日々は忘《わす》れてほしくない。自己《じこ》満足で身勝手な願望かもしれないけれど、きっと、許《ゆる》してくれるよ、麦《むぎ》さんなら、という皆川先輩《みながわせんぱい》の言葉が決め手になった。


卒業式の日。後輩《こうはい》一同は、麦先輩にトランポリンクッションを贈った。麦先輩は、かさばる！　と悲鳴をあげたけれど、笑顔《えがお》で受け取ってくれた。

「いっしょに過《す》ごした時間を忘れないでって、わたしたちのわがままだけど」

という西野《にしの》先輩の言葉に、本当にうれしそうに、うなずいてくれた。

「ありがとう。大事に家で跳《は》ねるよ」

「ぜひぜひ！」

わたしたちは、口々に言った。

「わたし、実穂《みほ》ネエのこと、けっこうマジで恨《うら》んでてね。なんでわたしが尻拭《しりぬぐ》いをしなくちゃいけないの？　って思ったたし。渡《わたり》さんのことだって、兄貴《あにき》たちほどには慕《した》ってたわけじゃなかったもの」

麦先輩《むぎせんぱい》は、一度言葉を切って、順繰《じゅんぐ》りにわたしたちを見ながら、また口を開いた。

「こっちはやりたかったわけじゃないし、そんなに情熱《じょうねつ》持てなくて。わたしを振《ふ》り回すなって思ったよ。部活も、一年から二年にかけては、いやでいやでしかたなかった」

「そんなに？」

「だって、先輩たちは、実穂ネエのことを知ってたでしょ。でも、わたしは実穂ネエみたいにうまくもなかったたし。だからいっそ、自分が中心になってからは、真逆《まぎゃく》の部活にしようって思った。事実、トランポリン部の存続《そんぞく》の危機《きき》は、実穂ネエの時代の方が強かったわけで」

「厳《きび》しかったみたいだからなあ」

また皆川《みながわ》先輩がつぶやいた。

「そうだね。わたしはやりたいようにやるって、兄貴たちにも宣言《せんげん》した。自分はユルくやろうって。本音では、トランポリン部なんてどうとでもなれ、と思ったこともあったよ。二年になった時、晶菜《あきな》という、わたしどころか、実穂ネエよりもすごい子が入ったから、しかも、晶菜《あきな》は部活を大事に思ってくれてて。だから初めて、自分から、トランポリン部をつぶせないって思った。だって、ほんとに、晶菜は跳《と》ぶことが大好きで……」

「わたしは、自由にさせてくれて、ありがたかったです。だから続けられました」

西野先輩《にしのせんぱい》がきっぱりと言った。

「それはあたしも同じかも。いつの間にか、体操部《たいそうぶ》への未練がなくなってた。今は、トランポリン、好きです。たぶん、ガンガン行くような部だったら、反発しただろうな」

と山尾《やまお》さんが笑う。

「結局は、嫌《きら》いにはなれなかったんだな。なんというか、この身体が高く浮《う》き上がる感じ。今は、部活で続けられてよかったと思う。秋山《あきやま》も瑠里花《るりか》も含《ふく》めてやってることはバラバラ。でも、そんな今年の部活は楽しかったよ。部員が楽しんでいることが、大事なんだと思った。だから……」

麦《むぎ》先輩は、またわたしたちを見回す。

「すぐにはトランポリンをやろうという気にはなれないけれど。いい思い出で終われたし。引《いん》退《たい》する日に、瑠里花の後方宙返《ちゅうがえ》りを見た時は、ほんとに胸《むね》が熱くなったよ」

麦先輩がわたしに笑いかける。以前と違《ちが》って、自然な本当に温かな笑顔《えがお》だった。

ご卒業おめでとう

卒業式では泣いている人もけっこういた。特に運動系《けい》の部活の卒業生たちは、取《と》り囲《かこ》む後輩《こうはい》たちに泣かれて、肩《かた》を抱《だ》き合って泣いていた。でも、麦先輩《むぎせんぱい》の瞳《ひとみ》に涙《なみだ》はなかった。そして、晴れやかな笑顔《えがお》で、中学を去っていった。

＊　＊　＊

二年に進級して半月。

今日は、部活紹介《しょうかい》のために、体育館でトランポリンのパフォーマンスを行う。わたしは、この半年で、抱《かか》え込《こ》みの前方宙返《ちゅうがえ》りもマスターした。それをこれから披露《ひろう》するのだ。

部活の一員として、学校で演技《えんぎ》を見てもらうために跳《と》ぶ。それは部員たちにとって初めてのことだった。ずいぶん宣伝《せんでん》した成果があったのか、見に来てくれた人はけっこういた。新入生だけでなく、奏子《そうこ》やほかのクラスメイトもいた。

まず、西野《にしの》先輩が、トランポリン部の説明をする。

「自分の力だけでは到達《とうたつ》できない高さを経験《けいけん》してみたいと思いませんか？　トランポリンならば、それができるのです」

一番手はわたしだ。
トランポリンの上に乗る。軽く頭を下げてから、中央の十字の上に立つ。そして……。
わたしは、跳《と》ぶ。

濱野京子（はまのきょうこ）
熊本県生まれ、東京育ち。『フュージョン』（講談社）でJBBY賞、『トーキョー・クロスロード』（ポプラ社）で坪田譲治文学賞受賞。作品に『girls』（くもん出版）、『まさきの虎』（童心社）、『あたたかな手　なのはな整骨院物語』（偕成社）、『中村哲　命の水で砂漠を緑にかえた医師』（あかね書房）など多数。

ふすい
装画家、イラストレーター。装画および挿画作品に、『青くて痛くて脆い』（住野よる著）、『100万回生きたきみ』（七月隆文著）（ともにKADOKAWA）、『コンビニ兄弟――テンダネス門司港こがね村店』（町田そのこ著）、『世界でいちばん透きとおった物語』（杉井光著）（ともに新潮社）など多数。

取材協力：株式会社CRAZY-TRAMPOLINE　代表・伊藤正樹

こんな部活《ぶかつ》あります
わたしは、跳《と》ぶ！――トランポリン部《ぶ》

2025年3月20日　初　版　　NDC913 174P 20cm

作　者　濱野京子
画　家　ふすい
発行者　角田真己
発行所　株式会社新日本出版社
〒151-0051　東京都渋谷区千駄ヶ谷4-25-6
営業03(3423)8402
編集03(3423)9323
info@shinnihon-net.co.jp
www.shinnihon-net.co.jp
振替　00130-0-13681
印刷・製本　光陽メディア

落丁・乱丁がありましたらおとりかえいたします。

ISBN978-4-406-06875-8　C8393　Printed in Japan